アモルとプシュケ叢書 | [Amor and Psyche] Series

現代版
フラメンカ物語

ジョルジュ・ベグー
谷口伊兵衛 訳

『フラメンカ』(ロベール・ラン挿画, 1927)

目　次

はしがき　5

現代版　**フラメンカ物語**　——フラメンカとギヨーム——

　第Ⅰ章　婚礼　11

　第Ⅱ章　嫉妬　27

　第Ⅲ章　ギレム　48

　第Ⅳ章　一語　78

　第Ⅴ章　言葉のやりとり　89

　第Ⅵ章　愛の温泉　140

　第Ⅶ章　どんでん返し　154

　第Ⅷ章　神に感謝を　170

訳者あとがき　195

　　　　　　　　　　　　　装幀・大石一雄

「歌うべきは　自分の家系図」
　　　　　　　　　ジャン・コクトー

故中原俊夫教授，故高塚洋太郎教授に捧ぐ

Georges Bégou
LE ROMAN DE FLAMENCA

©Editions Jean Picollec, 1990
Japanese translation rights arranged
through Japan UNI Agency, Inc., Tokyo

はしがき

　12世紀末，ブルボン家のアルシャンボー伯という焼餅やきの夫が，妻を3年間（1191-1194）ある塔の中に監禁した。これは実際にあったことである。この痴情的悲劇のこだまは王国中に鳴り響いた。囚れの身となったフラメンカはトルバドゥールたちによってこの上なく見事に描かれたため，傲岸不遜をもって任ずる騎士たちは彼女を釈放してやろうと夢見たのである。そこにたどり着くには，騎士道の歴史でもユニークな策略を主人公は考案しなければならなかった。この立派な愛の行為はまず，数々の叙事詩の，ついで50年後には，『フラメンカ物語』（Le Roman de Flamenca, 1250?）の着想源となった。

　本作品の唯一の写本はカルカッソンヌ市立図書館に保管されている。それはオック語による8,095行から成る作品である。作者はまったく不明だが，このテクストは同時代の文学でももっとも特異で，もっとも素晴らしいものの一つであると確言してかまわない。宮廷風伝統の障壁を打ち破り，恋愛（アモル）と神とも張り合わさせ，官能的快楽を結婚外での恋愛試合の正当な報酬と見なして，これを諸感情の彼方で称揚しているのである。

　教会は動揺し，この異端的な小説の成功に終止符を打とうと欲した。これに教会は20年後に成功するに至った。大革命（1789年）のさなか，ある王党派の家庭の屋根裏部屋で写本が一部見つかったときには，それは目録のなかに書き込むだけにとどめられたのだ。ようやく1860年になって，最初の翻訳家がそれに興味を抱き，自分勝手に剽窃し，これをマリ゠ラフォン（Mary-Lafont）なる名前の下に『ブルボン家の奥方』（La Dame de Bourbon）として公刊した。

現代版　フラメンカ物語

　5年後，優秀な言語学者ポール・メイエ（Paul Meyer）はより誠実にも，すぐれたテクストを作成したのであり，*¹ これが今日まで，他のすべての翻訳者たちの土台になっているのである。彼らの数は多くはないが，方法，学問，忍耐をもって——とりわけR・ネッリとR・ラヴォーの両氏（MM. Nelli et Lavaud, 1960）*² は——もっとも正確な学問的翻訳を提供しようと努力している。

　この仕事は文献学者や中世学者の面々にとってこの上なく貴重であるが，正直に言って，それはいかめしさ，詩法への全幅の敬意，（とりわけ冒頭と末尾における）補填されないままの欠落により，一般読者を遠ざけている。なにしろ大学の高貴な使命は原典に細心綿密であることにあるからだ。〔モノマニアと言ってもかまわないだろう—訳者〕

*　*
*

　私見では，『フラメンカ物語』はフランスの国民的遺産に属するのだから，いずれの読者もオック語ができるのであれば，これと同じく

---

*1　*Le Roman de Flamenca, publié d'après le manuscrit unique de Carcassonne, traduit et accompagné d'un vocabulaire*, 2ᵉ éd., Paris, I, 1901 (Genève: Slatkine Reprints, 1974).

*2　*Le Roman de Flamenca*, in *Les Troubadours*, I (Paris: Desclée de Brouwer, 1960). なお，最近の対訳本としては，*Flamenca, Roman occitan du XIIIᵉ Siècle*. Texte établi, traduit et présenté par Jean-Charles Huchet (Paris: Union Générale d'Éditions, 1988) が出ている。現代フランス語訳の試みとしては，W. et J. Bradley (1927) がある。伊訳（L. Cocito, 1988），英訳（M. E. Porter, 1962），露訳（А. Г. Найман, 1983）も出ている。邦訳としては，見田誠訳（未知谷，1996），中内克昌訳（九州大学出版会，2011）がある。〔訳注〕

はしがき

らいの喜びをもってそれを発見しうるはずなのだ。そのためには話を平板にして、これを常用フランス語に書き改めるべきなのだろうか。私はそうは思わない。他の著作者たちがこの手法を巧みに活用し、そしてこのフィクションの筋や主人公たちを歴史的脈絡の中に導入することにより、中世の鉱脈を開発している。

そういうことは私の意図ではない。私としては、『フラメンカ物語』にその味わい、その音楽、そのメッセージを失わないようにしておきたい。松明(たいまつ)で明かりをとり、指で食事をし、30歳で死んでいった人びとに、今日の心理を押しつけることはしたくない。

それに引き換え、原作がもっている本質的な点でこれに仕えるため、私は原作を散文に変えるのをためらわなかった。私は、望むらくは、作者（または複数の作者たち——けだし、この作品は数人の手によって書かれている場合があるからだ——）の絶対自由主義的精神や、素朴にして気取った文体を復元するような言語表現を工夫したつもりである。

13世紀の物語のやり方に固有の贅言やまわりくどい表現の奴隷とならないために、私はあるときは縮小したり、あるときは付加したり、また、原作ではほのめかしでしかない場合にも会話体を取り入れたりすることを恐れなかったが、しかし、登場人物たちの感情や思考のパレットを変えることはまったくしていない。

私は同じく、中世文学の魅力の一つである、驚異の見物人たちを介在させている。

最後に、私は失礼を顧みずに、本書では原作に欠落している結びを想像することとした。そうは言っても、話に沿っての主人公たちの伸展の論理や、幾度も表明されている彼らの恋愛哲学は尊重してある。

大家ジョゼフ・ベディエ（Joseph Bédier）が『トリスタンとイズー

現代版　フラメンカ物語

物語』(*Tristan et Yseut*) の多様な各版の相異なる断片を適応させ，連接し，調節し，補充することにより，彼なりの仕方でそれを首尾一貫した一篇の物語にしなかったとしたら，われわれはこの傑作についてほとんどまったく無知のままに置かれていることであろう。

　どうか『フラメンカ物語』の匿名作者が――彼とても先行者たちに大いに恩義を受けているのだが＊――愛ゆえに彼の作品を私のもの，われわれのもの……となしたとしても，私を寛恕したまわんことを。

ジョルジュ・ベグー

＊　『フラメンカ物語』には，ペイル・ロジエ (Peireh Rogier) の叙事詩，『七賢者物語』(*Roman des sept sages*)，『バラ物語』(*Roman de la Rose*)，『ジャウフレ物語』(*Jaufré*) や，"焼餅焼き制裁" (Châtie-jaloux) と称される数々の短篇物語の伝統からの借用が見いだされる。見田誠訳『薔薇物語』（未知谷，1995），西村正身訳『七賢人物語』（未知谷，1999），谷口伊兵衛稿「『ジャウフレ物語』とアーサー王伝説」（『クローチェ美学から比較記号論まで』（而立書房，2000），306-314頁所収）を参照。〔訳注〕

現代版 フラメンカ物語

―― フラメンカとギヨーム ――

第Ⅰ章　婚　礼

　騎士たちが袖なしマントを風になびかせながらやってくる。衛兵がギ・ド・ヌムールに城館の巡視路までエスコートするように通報する。むこうの高所からは，ギャロップのせいで埃（ほこり）が巻き上がっているにもかかわらず，ヌムール伯にはアルシャンボーの軍旗が見分けられた。跳（は）ね橋を下ろさねばならない。
　「彼らには，良い報せを運ぶ飛脚として入ってもらいたいものだなあ」と彼は叫んだ。ずっと前から彼はアルシャンボーの仲間に加盟したがっていたのだ。昨日も，彼はハンガリー王に娘への求婚を拒（ことわ）ったばかりだったが，それというのも，もう娘に会えなくなるのではないかと心配したからだった。娘のフラメンカは彼のお気に入りだったのだ。七歳のときから，彼女はフラメンカと父親から呼ばれてきたが，それは彼女の燃えるような髪の毛に因んだものだった。
　第一の盾持ちのロベール殿が，主君の印璽（じ）と結婚申込書を差し出した。するとヌムール伯は彼を温かく迎え，その一行とともに食卓へと招いた。食事は，猟肉や美酒で溢れ，賑やかなものだったし，楽しい言葉がまるで炉辺の火花のように飛びかった。
　アルシャンボーについてお世辞たっぷりに語られる一切のことに，フラメンカはうれしく思いはしたが，実は何も期待しなかった。彼女は信頼している父親から——父親は彼女の感情面をあれこれとよく考慮してくれていたのだ——アルシャンボーが醜男（ぶおとこ）でも年を取り過ぎてもいないことを先刻承知していたのである。もし結婚が彼女の気に入

現代版　フラメンカ物語

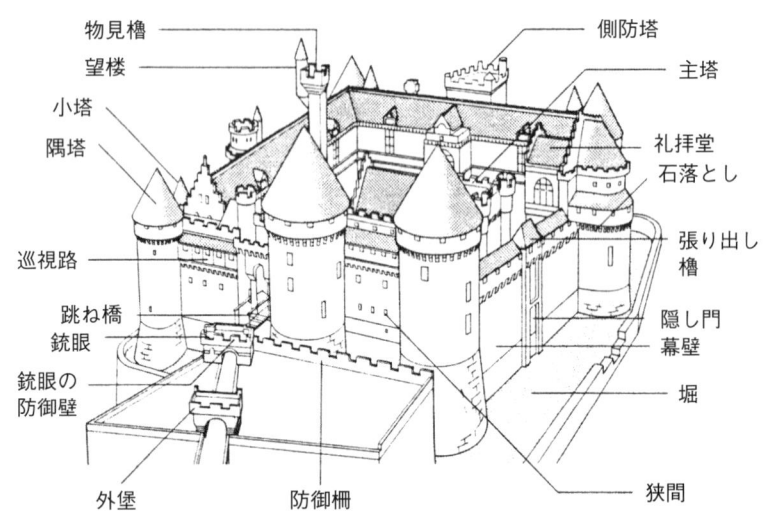

城館（領主館）

らなければ，彼女に強制する権利を父のヌムール伯に拒むだろうし，彼女の言い分は聞き入れられることであろう。
　女たちが就寝してから後は，夜はただのごちそうみたいに過ぎ去るのみだ。
　夜明けから，使者たちは再び出発だ。アルシャンボーにはぐずぐずせずに知らされねばならない。彼は二週間後に婚礼を行いたがっているのだった。

　ロベール殿がブルボン家の城館に使者としての幸せな報せを持って帰る。彼はフラメンカの美しさ，その話ぶりの見事さ，その持参金の豊富さについて委細漏らさずに伝えるのだった。

第Ⅰ章　婚　礼

　アルシャンボーは満足して，一団に始動の鐘を鳴らすことになる。
「われら一行は百名の騎士団となろう。各自四名の盾持ちを従える。いずれの盾持ちにも武器と紋章，鞍，塗りたての楯を持たせるのだ。大きなのぼりを取り出しなさい！……五十頭の駄獣が必要となろう。足を傷めたのは無用だ！五桝のブドウ酒を荷馬車に積みなさい……。私が持って行くプレゼントとして，大箱に絹のパーンを張りめぐらせなさい。」

　ヌムール〔パリ南東のフォンテーヌブロー南に位置する町〕では，興奮も絶頂に達していた。人びとは右往左往し，水をたっぷり使って洗濯し，台所道具をみがき，はたきでちりを払うのだった。ふんだんな食器類，上等の蠟燭，何ひとつ不足があってはならず，すべてが輝いている必要があった。

　ヌムール伯の使者たちは名家の者たちを結婚式に招待するため，領地から領地へと馬で駆け回った。

　フラメンカの腰元，マルグリットとアリスの二人は針仕事に従事していた。衣類を一枚一枚すべて，仕立てたり，手直ししたりした。王国の許婚者で，金・銀の糸でこれほどうまく縁どりされ，細く刻まれた留め金や，真紅のざくろ石で飾られた，あまたの衣服を持っていることを自負できる女性はほかにいなかったであろう。上機嫌で，フラメンカは差し出された鏡の前で向きを変えた。

「もう，あの人が到着する頃だわ！」と彼女はいたずらっぽく考えるのだった。「私はあの人の両目で食べられるかも知れないわ」。

　彼女は夫のことも，婚礼についても何も心配していなかった。彼女の気をもませる影は何もなかった。彼女はこの運命にたしかに従うために生まれたのだ。母親の助言，父親のヌムール伯の忠告を満足しながら聞き入れた。彼の人柄について苦情を言う人は誰もいなかった。

13

現代版　フラメンカ物語

　彼女はおとなしく，従順で，アルシャンボーの意向にも気を遣うことであろう。その宮廷が文学，音楽，作法でもっとも有名なものとなるようにすることであろう。みやびな貴婦人がそこでは完璧に扱われることだろう。

　アルシャンボーは一生懸命のあまり，ヌムールには，お供ともども，期日の三日前に到着した。みんなから"美男の殿"(Beau Seigneur)の名で迎えられた彼は，滞在地の初々しさに感嘆するのだった。
　牧場では，城壁に沿って，テントが幾百も張られており，同じく，白，黄，ブルーのシーツのパネルでできたパヴィリオンも建てられている。金属の紋章が輝いている。すでに旅楽士，楽士（ジョングルール）の一団がすでに往来を満たし，泊まり客たちを楽しませていた。
　ギ・ド・ヌムールは将来の婿を決して待たせたりはしなかった。午後，アルシャンボーをフラメンカの部屋に案内した。彼女のみずみずしさに彼は目がくらんだ。彼は多くの侍女とか浮気な女によって磨かれてきたとはいえ，彼女たちのうちでこのルビーに比べられうる者はいなかったのである。
　「美男の殿（ボ・セニュール），これが貴殿の妻です。これを妻とすることがお気に召せばの話ですが」，と伯爵は言明した。
　「もちろんです。彼女がそれに同意してくれるのであれば……──とアルシャンボーは答えた──これほど喜んで受諾したことはかつてございません。」
　フラメンカはにっこりしながら，頭を下げ，彼にしとやかに握手を求めた。すると，彼はその手を自分の唇に運びながら，その柔らかさ，その香りを味わうのだった。
　「神さまのご加護がありますように……」とフラメンカは両手を引っ

第Ⅰ章　婚　礼

込めながら言った。

　アルシャンボーは立ち去ったが，これは上べだけのことだった。彼の精神，彼の心はそこに留まったままだった。彼にとっては，太陽がもはや動きを止め，儀式をゆっくりと遅らせているかと思われるのだった。彼は部屋の床石を打ち込んだり，砂時計を裏返しにしたりした。誰とも面会したくなかったのだが，貴婦人愛(アムール)が彼を悩ませにやってきたのだ。どんな外壁，どんな正門でも，この貴婦人の入ることをさえぎりはしないのだ。

　「この熱に対する薬を持ってきてくれませんか」とアルシャンボーはこの貴婦人に尋ねるのだった。「内部は焼けつくように熱く，外部は寒いのです……。いったいどんな呪いをかけられたのです？　私がこんな状態にいるのをご覧になったことがおありですか。苦みと甘みが私の舌の奪い合いをしているのです。このトラブルはいったいどうしたことなのですか」。

　貴婦人愛(アムール)は長らく黙した後，こうささやきだした。

　「どんなに身体の調子のよい男の人でも，フラメンカによって治されるという幸せのためなら，喜んで麻痺にかかることでしょう。すぐに消えうせるでしょうから，そんな苦しみを嘆くことはありませんよ。逆に，それを味わうべきなのですよ。」

　「血管に毒人参の毒が入り込んでいるのです。」

　「それは間違いですよ。実は苛立ちのリキュール酒なのです。」

　貴婦人愛(アムール)はその客人を瞑想に打ち棄ておいたが，一方では，フラメンカを訪れることすらしなかった。フラメンカのほうは心も晴れ晴れと，囀りを欠かさぬ二人のクロウタドリさながらの侍女たちと遊んでいたのだ。

　「貴女(あなた)さまのご主人になる方は身長もお顔も魅力的ですわね」，とマ

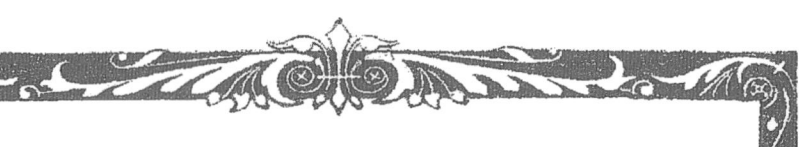

現代版　フラメンカ物語

ルグリットがくすくす笑った。
「噂では，あの勇敢で器用な騎士はどんな騎乗槍試合(トーナメント)ででもみんなから恐れられているそうですわ」，とアリスが話を持ち上げた。
「黙りなさい，お喋り屋さんたち！」とフラメンカは命じたが，その口調は命令的ではなかった。彼女にとっては，彼氏の将来についてのお世辞を聞くのは快かったのだが，彼のものになるという歓びで息が詰まりかけていたわけではなかった。女性として，彼女のほうがアルシャンボーよりも——全身がほてってはいたのだが——自分の心の動揺をうまく隠したのであろうか，それとも，彼女はまず欲望の小枝に火花をぱちぱちいわせてから，それが燃え広がるのをうまく利用しようとしたからなのだろうか。

聖霊降臨(ペンテコステ)の主日の日曜日〔復活祭後七度目の日曜日〕。
「聖霊がかつて使徒たちの上に降ったように，愛(アムール)が私たちに略式の洗礼を授けてくれたらなあ」と考えながら，アルシャンボーは二晩も眠れぬままに，すでに正装し，靴をはき，手袋をはめていた。そのとき，ヌムール伯がドアをノックして，ご同行を願いたいと言った。
ヌムールの喜びにあふれた様子を見つけて，アルシャンボーは思うのだった，「アヴィニョンでも，プロヴァンスでも，ペズナス〔南フランス・モンペリエ南西方面の町〕でも，これほどの銀鼠色の毛皮，えぞ貂(てん)の毛皮，絹やウールの衣装が見られた市はかつてなかったなあ」，と。
見回したところ，価値のある城主でそこにきていない者はいなかった。司教杖(つえ)を持った司教が祝福を与え，つり香炉を振る聖職者たちによって，農奴たちや自由農民たちが香の煙でいぶされると，彼らは十字を切ったり，大きなため息をついたりした。あふれるばかりの公爵冠，貴族たちの首飾り，銀製装身具，宝石を嵌込んだアクセサリーで

第Ⅰ章　婚　礼

みんなを圧倒させながら，至宝の波が一斉に果てしなく，宮殿から修道院付属教会のほうへと流れて行った。

教会の身廊の下では大勢の人びとが押し合っていた。穹窿(きゅうりゅう)のほうには祈祷文のきれいなラテン語が掲げられていた。祭壇を覆っている金で刺繍された布（祭壇布）は，ステンド・グラスから差し込む陽光に当たってきらめいていた。

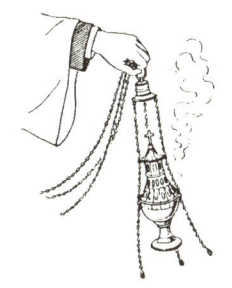

つり香炉

フラメンカは衣装で飾り立てられて，光り輝いていた。その真珠の光沢の顔色，黒鼈甲(べっこう)の目，赤銅色の髪，すべてがアルシャンボーの視線を魅了した。この騎士は恋する彼女に魅力を覚えれば覚えるほど，儀式の長さに苛立つのだった。

「この聖職者たちはいつになったら終えるつもりなのか——と彼は思うのだった——，なよなよした脚で，福音書や，聖杯や，聖体顕示台を動かすのにも，鈴を振るのにもひどく手間取って……。それに，飾りの多い言葉で重くしてあるみたいな説教とても。《短いミサと長い正餐こそが騎士の歓び》と歌の文句にあるのも間違いじゃない。」

貴婦人愛(アムール)は彼を観察し，この臣下が欲求に悩まされているのを知って大喜びした。この欲求のせいで，彼を苦しめるこの煉獄から逃れられるとしたら，それは彼がさんざん苦労の果てに，欲するだけ長く両腕でかくも切望した身体を抱き締めたいと望む場合を除いてはなかったであろう。

正午になっても，ミサはまったく行われず，結婚が正式に認められないままだった。アルシャンボーは一瞬こんな考えに興じたのだった。

「彼女の倍も歳を取っている自分が，愛する彼女よりも落ち着きがないというようなことがあり得ようか。この私はまるで初めて交尾す

現代版　フラメンカ物語

る種馬みたいにじれている。何とばかなことだ。悪魔か畜生が私にこんないたずらをしているのだろうか。」
　それに答えて，貴婦人愛(アムール)がある柱の陰に滑り込んだ。この貴婦人の微笑は親切心に満ち，その忠告は相も変わらぬものだった――「忍耐……ぞ」。愛撫しか考えていない者にとっては，残酷な言葉だ。
　やっと，ゆっくりした足取りで人びとは教会を出た。フラメンカの片手は夫のこぶしの上に置かれていた。二人とも正面入口から入ってきた日光の流れのほうに前進した。ほどなく，教会の前庭に出ると，この流れに二人はすっかり浸ってしまった。家々も樹々も消え失せたかと思われた。
　目がくらみながら，二人が交わした初めてのキスの魅力で，二人は周囲を取り巻く群衆から逃れて，この世のものならぬ存在と化した。短くて情深い小さな死が二つの生命に入り込んだ。二人が生身の人間に戻るのは，タンバリンや，フルートや，トランペットのリズムに乗って，雉子(きじ)，ヤマウズラ，家鴨(あひる)，雄鶏を山盛りにした大食卓に近づくときまで待たねばならない。
　人びとはスパイスや，ぶどう汁で芳香のする料理を次々にお代わりしたり，上等のブルゴーニュ・ワインの枡(ます)から酒壺にふんだんに注がれたりして，祝宴は最高の食欲を堪能させた。餓鬼であれ，狼であれ，領主であれ，自由農民であれ，思い出しうる限り，これほど誇らしいカップルのために祝宴を張ったことはなかったし，また，これほどの会食を味わったこともなかった。
　旅楽士(ジョングルール)たちは演奏したり，曲芸を演じたり，火を吐いたり，猿や熊を回らせたり，とんぼ返りをさせたり……した。人びとが気づかぬままに，夜が忍び寄ってきた。夜食の時間となり，婚礼はなおも続くのだった。

第Ⅰ章　婚　礼

　貴婦人食道楽(グルマンディーズ)は，彼女が好む以上に尊敬されたのだ。燃えさかるアルシャンボーは，この太鼓腹をし興奮した仲間の中に居残りたくはなかった。儀式さえなければ，忠実な腰元たちが片目で泣き，もう一方の目で笑いつつ準備しておいた部屋の中に，フラメンカを導くのに。マントルピースの中では，太い薪が炎を上げて燃え盛り，壁の石をその赤味で活気づけた。

　この騎士はデリケートだった。神から授けられたフラメンカを所有し，これを新しい奥方にしたいという狂わんばかりの欲望を抱いていたにもかかわらず，彼は彼女を手なずけるためにひどく回り道をしたのである。

　フラメンカは策を弄することなく，夫アルシャンボーの抱擁をおそるおそるながらも，はねつけはしなかった。夫は好きなように，ゆらめくキスをリードした。彼女はその蜂蜜を味わった。夫がどこに触っても，彼女は別段胸が悪くなりはしなかった。夫の仕草は優しく，その言葉は甘かった。少しずつ，彼女のほうでも，身体の動きに熱中して，蝶のように，爪の先や，舌の端で，アルシャンボーの皮膚を愛撫した。すると彼は長いため息を吐くのだった。

　貴婦人歓喜(ジョワ)は愛人たちに大胆さ以上のものを勧めるものだ。この貴婦人の刺激の下に，二人はきつく抱き締め合い，あえぎ，叫び，快感を求めると，とたんにそれは二人から取り上げられ，二人は増水した急流のように，滝の中へと運ばれるのだった。

　翌朝，貴族の夫が下僕のような行いをするのは習慣ではなかったけれども，アルシャンボーは自分を男のうちでももっとも幸せ者だと思って，妻に櫛や，鏡を差し出し，それから彼女の頭上に王冠型の髪飾りを載せた。フラメンカは夫の両手を握り締め，夫の両手を自分の頬に押しつけた。

現代版　フラメンカ物語

　ヌムールで婚礼が続く間，愛の奔流は貴婦人歓喜に服従しつつ，夜間には山から発して日中は平原へと跳ねたり，はね返ったりした。
　習慣を乱さないために，アルシャンボーは胸の張り裂けるような思いで，ひとり自分の城館へと帰って行った。
　ブルボン家へ花嫁を迎えるために，新たに祝宴が催されることであろう。ブルボン家は王のいとこに当たるため，フラメンカを厳かに迎える際に陛下の臨席をうやうやしく乞うていた。
　一週間後，ロベール殿がフランス王宮から王の同意を携えて戻ってきた。彼には金一封が報酬として与えられた。王は王妃とともにヌムールに赴き，そこでフラメンカにあいさつし，それからブルボン家まで彼女と同伴することを承諾したのである。
　アルシャンボーはもう歓喜に浸ってはいなかった。妻に情熱的な手紙を送り，自分が彼女を待ちあぐんでいること，彼女への思いが朝から晩のお告げの鐘に至るまでかたときも離れず，それも，彼女が到着したときに手厚くもてなすためにあれこれ手筈やら，努力を払っているのに，そういう状態にあることを認めた。フラメンカはすぐに返事を書き，夫の心中に明るい印象をもたらす，見事な韻を踏んだ小抒情歌で結ぶのだった。
　アルシャンボーは街を飾らせ，通りという通りに東方の絨毯を掛けさせ，ベンチをサマイト〔金糸などを織り混ぜた厚手の豪華な絹織物〕で覆わせた。また，宿屋には肉や果物を買い込ませ，街角のあちこちで大鍋でたっぷりと焦がすために，シナモン，丁子，香をどっさり用意するように気を配った。モンペリエでクリスマスのときに，薬剤師たちが麻薬を挽いたのと同じくらい良い香りがするようにしたかったのだ。
　何ひとつとして豪華を尽くしていないものはなかった。真紅の，金箔による千着の衣服，千本の槍，千個の楯，千振りの剣，千組の鎖帷

第Ⅰ章　婚　礼

ブルボン家アルシャンボーの城館（廃墟）

子，千頭の元気な軍馬が，招待者のために用意された。どの高級住宅も，この上ない金持ちの訪問者たちを迎えるために，これみよがしに最高の準備をした。

　王は妃とフラメンカを両脇に，ブルボンへと出発した。高貴な男爵，従者，衛兵から成るその行列は一里におよんだ。暑かったので，ときどき休憩をとって，王の平織の天蓋の下で渇きをいやした。
　旅の道中，陛下はこの若い新婦にとても親切だった。陛下は彼女にしょっちゅう祝いの言葉を言い，いろいろな宮廷話を彼女に物語って，笑わせるのだった。そういうわけで，フラメンカはこうした好意にすっかり嬉しくなり，優しい態度にすっかり浮き浮きしたため，時の経つ

現代版　フラメンカ物語

のも分からないほどだった。はやくもブルボン家の城館の塔がくっきりと眼前に浮かび上がってきた。
　アルシャンボーは白馬に乗って，街の大門を越えた。馬は優美な馬具をつけ，たてがみを三つ編みにし，臀部にはダマスク風の花模様の布を掛けていた。彼が出かけたのは，客たちを迎えるためだった。
　まもなく合流して，彼は剣を下げ，膝の動きで馬にお辞儀を命じ，それから，陛下に，感謝と歓迎の言葉をかけると，王もそれに対して優しく答えた。街中への華々しい入場を開始する手筈が整った。
　舗石は花の咲いた小枝でびっしりと埋め尽くされていた。群衆はずっと前から，街路のいたるところに集まっていた。みんなは目を輝かせ，口々に叫びや，歓声を上げ，国王夫妻やフラメンカの手にキスさせてくださいと嘆願するのだった。
　イグサの茎の冠をかぶった子供たちが，ブレ〔ゆったりとしたズボン〕や独特な肌着を身につけながら，駆けたり，すり抜けたりし，それからまもなく，尻を押したり，服がぼろぼろになったりした。とりわけ暴れ回った少年がいたが，それは，行列の先頭にくっついて行くためだった。平手打ちがあちこちで浴びせられた。親たちは静かに見物したかったからだ。
　ブルボンの民はこれほどの豪華さを決して忘れはしないであろう。みんなは美しさと威厳において王妃に勝るくらい完璧な妻を選んだことでアルシャンボーに感謝した。王が彼女に向けた視線はすごく好意に富んでいたから，その視線から，王が彼女に対してと同じく，その新しい家族に，したがって，この町や，谷間全域に対して繁栄を望んでいることがありありと感じられるのだった。農民たちは知らされなくとも，このことが分かったのである。

第Ⅰ章 婚 礼

ブルボン家アルシャンボーの教会

　翌日は洗礼者聖ヨハネの祝日〔六月二十四日〕だった。教会は高貴な集会者たちをかろうじて収容できるほどだった。教会前の広場や，あたりの路地には，ひとかたまりのつましい信者たちが押し合いながら，祈ったり聖歌を歌ったりしていた。説教の時間になると，人びとは押し黙った。
　クレルモンの司教は，「予言者以上」と呼ばれるほどだった聖ヨハネに対する主イエス・キリストの愛の話をした。司教は新郎新婦を祝福した後で，王の名において，宣言した——お祭り騒ぎがこれから二週間，陛下の臨席のもとに続けられよう，と。このニュースは教会の正面入口から辺鄙な藁ぶきの家に至るまで，白イタチよりも迅速に伝えられた。
　人びとはにこにこして，互いに抱き合った。「二週間も宴会だぞ！

現代版　フラメンカ物語

神よ，王よ，司教よ，新郎新婦よ，たたえられんことを！　何と幸せなことよ！」

「ミサ聖祭ヲ終ワリマス」(Ite, missa est〔行ケ，退出ノトキナリ〕)の言葉が発せられるやすぐさま，王は片腕をフラメンカに差し出した。その後ろから，王妃とアルシャンボーが進んだ。さらに，フランス宮廷，ブルボン家，ヌムール家の貴婦人たちや騎士たちが続いた。野次馬たちが行列を進ませるために道をあけ，行列は食卓の準備ができた宮廷へたどり着いた。

王にならい，各人は宴会の広間に入る前に両手を洗った。天，地，海が産する最良の一切のものが，白リンネルのテーブルクロスの上に並べられていた。一同が着席。ぶどう酒はすでにグラスに満たされ，人びとは新郎新婦の末長い健康を祈って乾杯した。

フラメンカを前に恍惚となり，アルシャンボーに嫉妬した幾人かの騎士は，飲むのを忘れるほどだった。首からウェストに至るまで金色の絹布に包まれた彼女の曲線状の身体，輝く髪の毛のせいで，他の貴婦人たちが自分を美しく見せるために払ったせっかくの苦労も台なしになっていたことは紛れもない事実だった。彼女たちは賢明にも，ライヴァルだと自負したりはしなかった。フラメンカを競技以上の所に位置づけていたから，例によって，お互い同士で痛烈な皮肉を投げ合うことができたのだった。

貴婦人愛(アムール)は少し前から現れる気持ちがなくなっていたのだが，王の耳をつまんだり，王に舞踏会で皮切りに踊るように促しにやってきて，ヴィオールがマンドーラに，ミュゼットがシャリュモーに調和するように，新しい結び付きが貴婦人たち，処女たち，騎士たち，〔騎士に叙せられる前の〕貴族の子弟たちの間に陽気な雰囲気の中でつくられるようにした。

第Ⅰ章　婚　礼

20世紀のブルボン（フランスの病人が訪れる温泉場）

　陛下は鐘を鳴らさせた。ざわめきが休んだ。曲芸師，綱渡り芸人，調教師，道化杖動かし人といったすべての者には，テーブルの後ろに並ぶように命じた。王は楽師だけを聴きたかったのだ——
　「すぐにダンスに移ってもらいたい。礼儀から，私はいとしい友フラメンカと一緒にそれに参加せねばならぬ。貴婦人がたよ，あなたがたは真ん中の彼女に従い，円陣をつくっていただきたい。」
　すぐさま，公爵夫人，伯爵夫人，侯爵夫人が彼女を取り囲んだ。それはまさに，鳥刺したちに服従しようとする雌鳥どもの飛翔そのものだった。間もなく，前者は後者にあいさつすると，飛び跳ねるような足どりで，後者をジグの踊りにひっぱり込むのだった。
　ギャロップの舞曲のためにパートナーを変える際に，アルシャンボーはフラメンカと再会した。彼は肩幅が広くがっしりしていたが，優雅さを態度で示して，ソフトに彼女をガイドしたり，上手に膝を伸ばしたりした。二人の周囲では，貴婦人たちがほほえんだり，流し目を送っ

現代版　フラメンカ物語

たり，二人に恋人のフェイントをかけたりした。気に入られたいという欲求にすっかり囚われていたのだ。ディヴェルティスマンがひどく要求されていたので，彼女たちはほとんど自制することをしなかった。彼女たちはため息をついたり，まばたきをしたりするばかりだった。

　貴婦人歓喜(ジョワ)および若さも(ジュネス)，そのいとこたる壮挙(プルエス)もともに，かくも楽しいスペクタクルを自分たちに供しようとする高貴な行いをたたえるのだった。貴婦人吝嗇(メスキーヌ)は，徒労に終わったことで気を悪くして，寝に行った。貴婦人悪意(メシヤンステ)は，今日ではかなり恩知らずの宮廷によって無視されているために，ひどくいまいましげにそこに留まっていた……が，この社交界にはたくさんのファンを持っていることを知っていたから，「どんな勝負でも決着がついたことはかつてないし，完全に負けたこともないのだ」，と自分を慰めるのだった。

　あまりに懸命に踊っていたため，馬上試合のことを忘れるほどだったが，城館の麓でラッパがそれの開始を告げた。ダンスは中止された。貴婦人たちはわれさきに良い席を目指して駆け出した。騎士たちは彼らの側近として仕える近習たちと合流した。王も同じようにした。競技が好きだったから，相手から立ち向かわれるとき，恭々しくされることに我慢がならなかったのだ。自分よりも若い者を打ち破る力だってあったからだ。

**

26

第Ⅱ章　嫉　妬

　騎馬槍試合を見物するために，王妃はフラメンカの傍で，窓に肘をついていた。二人とも才気を競って，上手に馬につかまっているアンジュー公をほめ称えたり，あるいは，アルトワ伯が不格好に，不器用に，しくじるたびに槍とか柄を罵っているのをからかったりした。二人の間には友情が芽生えようとしていたが，ふと王妃の微笑が消えた。国王の槍に結びつけられた袖が王妃のものではなかったのだ。「陛下が無邪気にこういう愛の旗印を掲げるはずはない――と王妃は考えた――。王は誰のために闘っておられるのか？　あかしとなるべく，喜んで縫い目をほどいた肩の上の，こんな軽い布地のせいで，王はどの貴婦人に夢中になられたのか？　きっとフラメンカだわ，誰がそれを疑えよう？」ブルボンヘヌムールから旅している間，この国王が妃に対して取った態度，言葉，接近法のことが記憶の中で王妃によみがえるのだった。そして，晩餐や，舞踏会でのことすらも……。王妃はこのことに求愛しか看取したくはなかったのだが，裏切り者の正体がばれたのだ。彼がぐるになって嘲弄している女性をこんな身近に感じたために，王妃の怒りは増長した。彼女の左袖はきっと切り取られているに違いない。

　王妃はうまく復讐するためには，侮辱を乗り越え，無理に微笑を作らざるを得なかったのだが，一瞬のうちにもうこらえられずに，気分が悪くて部屋で一休みしなくてはならないわ，と口実を設けて，フラメンカと別れた。お付きの貴婦人たちや侍臣もお伴をした。王妃は侍

現代版　フラメンカ物語

臣の耳元ですぐ遠ざかるように命じ，またお供たちには自分を独りぼっちにしてくれるように頼んだ。

　やがてアルシャンボーが背中に長い鎖帷子をまとい，腕に兜を持って，入場し，馬上試合に備えた。急いでおじぎをしてから，王妃を駆り立てた緊急事が何なのかを尋ね，調べさせた。

　——アルシャンボー殿——と彼女は答えた——私は自分のものでない袖を，王さまがこれ見よがしにはためかせておられるのをこぼさずにはおれません。

　——陛下，天にかけて，それは気晴らしですぞ！　と騎士は王妃を力づけようとして言うのだった。

　——そんなことを信じればばかになるわ！

　——陛下，恩義にかけて言わせていただきますが，高い権威のある国王は私どもに正直を請け合っておいでです。

　——いや，そうじゃないわ！　王は恋しておられるのよ。

　——こう申してご不快を与えるかも知れませんが，王妃は間違っておいでです。私はそんな罠に陥りたくはありません。

　——アルシャンボー，あなたまで，木の幹みたいに盲目なのですか？

　騎士は苛立ちを隠すことができなかった。「これほど幸せな日に，私が騎士道の栄光のために同僚たちとぶつかろうとしているこの瞬間に，彼女は何を欲しているのか？——と騎士はくやしがった——私が王国で一番の夫であるという幸福を台なしにするのでなければ，いったい彼女は何を欲しているのか？」彼は馬上試合をやり直そうと決意して，門のほうへ三歩向かったのだが，垂れ幕に半ば隠れた貴婦人嫉妬がほほえんで，片手で彼に近づくよう招いているのに気づいた。彼は意志に反して，謎めいた力に引きつけられて近づいた。

　——あなたは王妃のことをもっと時間をかけて分かってあげねばな

第Ⅱ章 嫉妬

りませんわ——と腹黒い助言者は言うのだった——あなたは彼女の下臣なのです。彼女を見捨てれば陛下に傷がつきますわよ。

アルシャンボーは戦闘ではどんな剣も恐れはしなかったのだが、王妃の言葉の攻撃を臆病者みたいに怖がっていた。王妃は夫の混乱ぶりに気づいて、目つきもやや穏かに、より柔和な調子で夫に話しかけた。

——ねえ、あなた、私の近くにお座りくださいな。あなたは国王がフラメンカの色物で身を飾っても、私に何ら不名誉なことをしておられるわけではないとお考えなのね……。これはほんの遊びごとにすぎないと思っておられる。けれど、あなたの冷静な自信にもひびが入っているように見えますわ。ありのままを見た今となっては、嫉妬の爪からお互いにどうやって抜け出せるものやら……。

騎士は話そうと試みたが、王妃は手で遮って、続けて言うのだった。

——私が狂気に捉えられているとは思わないでくださいな。私はちゃんと訓練された目を持っています。盗み見したり、撫でるような素振りをしたりはしませんし、二重の意味をもつ語は初日から見抜けるのです。

——でも、フラメンカは子供ですぞ！——とアルシャンボーは反抗した——彼女のことをそんなふうに責めてはいけません！ 彼女はひどく優雅だし、ひどく人好きしますが、彼女の頭、彼女の心は清純そのものです。彼女が国王のおもねりを優しく受け入れたにしても、それで彼女が国王に夢中になったわけではないのです。すみません、陛下、でも私の貴婦人をご存知じゃありませんね。

——誓って言うけど、私は夫のことを存じていますよ！ あれは小手調べなんかじゃないわ！ あなたに関して言うと、たぶんあなたはフラメンカを愛するあまり、真昼の光の下で彼女を見破ることがおできにならないのでしょう？

現代版　フラメンカ物語

　騎士は青ざめて，まるで悪魔から離れるかのように立ち上がった。王妃の不実な言葉に動揺したのだ。王妃に大慌てで挨拶するや，苦々しい気持ちで立ち去った。
　外ではトランペットが鳴り響き，武具が光り輝き，馬がギャロップで駆けていた。太陽の下，祭典が酣(たけなわ)だ。"オー"，"アー"，こまごました叫び声，ささやかな恐怖が窓から飛び散る。アルシャンボーは競技に参加しようとするとき，目をフラメンカのほうへ向けた。フラメンカは身を乗り出し，彼に投げキスを送った。彼女のこの振舞いや清らかな微笑で，彼は自信を取り戻した。手綱を緩め，拍車をかけて，自分に挑んできた傲慢な若年の騎士ティボーに軍馬を差し向けた。
　敵の盾に槍の柄を投げつけながら，騎士たちが襲いかかり，接近する。腕の下には袖をつけた木をしっかり握っている。二人はなおも圧迫し合い，衝突が起き，激化する。ティボーは鞍から引き離された。一瞬，彼が鐙(あぶみ)で身を保持しているかと思われたのだが，彼の馬は彼を置き去りにした。どしんと武具が大音響を立てて，彼は地上に倒れた。
　馬上試合の間中，アルシャンボーは気力にみなぎっていて，勝利の突き(パス)しかしなかった。喜びを隠すことなく，最後から二番目の競技で，彼は王をほこりの中へ蹴散らした。陛下は勝者に挨拶し，槍の袖をほどき，それを上着の下に滑り込ませてから，自分の天幕にたどり着く。その間，一人の近習が王の馬を厩舎へと導いた。
　最終決戦で，アルシャンボーは世間中の気をもませた一人の騎士と闘った。その素姓は明かされておらず，その称号は審査員たちにしか知らされていなくて，彼らは首を賭けてでも秘密を守ったことであろう。彼はその権利を保持したとおりに，戦闘から名称を採用していたのであり，兜の下に仮面をかぶっていたのだ。剛胆さが彼の家名の代わりをなしていたのである。

第Ⅱ章 嫉妬

　匿名の者でも騎馬槍試合の終わりには名を明かすのが慣わしだった。そのときまでは，賭けられることとなる。こういう刺激が競技会から単調さをなくしていたのだ。フラメンカは自分が既知だと思っている兄弟の一人ジョスランに賭けた最後の人物ではなかった。ああ！ アルシャンボーにこれほど荒々しく挑戦して，彼に三本の槍を折らせても，それでも彼を落馬させるには至らない人物の名前なぞ，そもそも誰が分かろうか？

　晩課の鐘が響く頃に，試合は終わり，審判員たちは二人のチャンピオンの引き分けを宣した。匿名の者は主人の国王や，観衆にうやうやしく謝意を表した。それから，賞品に触れ，顔を見せることなく，侍臣たちとともに姿を消した。身の動き，かすかなささやき，これらからしてそれが誰なのかを見抜く拠りどころとなろう。すでにトルバドゥールのベルナルデも夕食後の団欒(だんらん)のために，この謎についての唄をひねり上げていたのだ。それは貴婦人たちの眠りを満たすことであろう。

　上下を問わず執り行われた典礼の終わりに，人びとは十字を切りながら，教会を後にした。国王はフラメンカを案内しながら出てきて，いつもの習慣に従って，彼女の乳首を手のひらに受けた。王妃は怒りの頂点に達していたし，アルシャンボーは疑念でいっぱいになったのだが，両者とも別に表面に表わしはしなかった。順序正しく夕食が進行した。食卓はワッフル，揚げ菓子，果物，摘み立てのバラ，スミレ，眠りの妨げにならぬための白ワインを冷やすのに保存された雪で満ちあふれていた。

　その日はあまりにも耐えがたいものだったから，人びとは食後急いであくびするのだった。ジョングルールたち，詩人たちは好評を博すこともなかった。ただ新参者の騎士たちだけが，血気盛んのあまり，街中で騒ぎを起こして，さながらハンセン病患者みたいに小さな鈴や

現代版　フラメンカ物語

がらがらをかき鳴らしていた！

　アルシャンボーは気前よく，友だちにご馳走するために金庫からお金を出した。国王は彼の鷹揚さに魅了されて，このいとこは自分が知る限りもっとも気前のよい人物だ，と側近に言うのだった。この君主はフラメンカとのなれなれしさがアルシャンボーの心をずたずたにして，だんだんと垂れ幕の裏に隠れるのを止めた貴婦人嫉妬が時をかまわず彼に喋りだすようになるのを疑ってもいなかった。ああ，王は聞こえないふりをすることができなかったのだ。

　深い恨みがあったにもかかわらず，祝典の最終日がやってくると，騎士は王とその側近に対して，「彼らにブルボンでの滞在を延期するように」提案した。「ここでの生活では彼らが評価している善行が，彼らに可能となるように思われたからだ」。これは国王に好都合なことだったし，王はご馳走や城館の娯楽の数々にひどく興味を抱き始めていたのである。しかも，フラメンカと別れることは王にとってとてもつらかった……。礼儀作法上，王は二つ返事でオーケーすることはできなかった。王妃は夫の躊躇を利用して，発言し，これほど寛大な接待に濫費してはなりませんわよ！　と声高に言い放った。国王と直臣の高級貴族たちは断念した。

　朝のミサの後で，王の一行はパリへの帰途に就いたのだが，憂愁を帯びていないわけではなかった。

　そのときブルボンで起きていたことを理解するためには，嫉妬というこの雌の禿鷹にかすめられるか──ひょっとしてむさぼり食われるか──しないわけにはいかなかったであろう。日夜，心臓の一部がそれによってつきまとわれていたのだ。鬼の鳥同様に，嫉妬はいろんな

第Ⅱ章　嫉　妬

形を取ってその獲物を苦しめるものだ。ときには残忍に，ときには優しく，貴婦人嫉妬は何ごとをも気に留めない。内緒の妻として，彼女は籠絡する。彼女の爪の罠から，人は抜け出せない。その鋭利なくちばしは，頭蓋骨や胸をもえぐって，意地悪な心の持ち主たちに道を譲ろうとする。

　これに襲われてしまって，アルシャンボーは見間違えるほどに変わってしまった。ある日，国王を見送った後で，彼は唇によだれを垂らしながら帰宅した。城塞の跳ね橋を通過すると，彼の心に決めたことは，妻をうんと殴って，自白させ，赦しを乞わせることだった。困ったことに，彼女は独りではいずに，いつも町の女たちに取り巻かれておしゃべりしたり，大笑いしたりしていて，不尊とも見えるくらいだった。アルシャンボーは彼女らに挨拶もしないで通り過ぎ，彼女らに背を向け，かなり離れたベンチに向かって行って，寝そべり，わき腹が痛むのを嘆くのだった。フラメンカの仲間たちはそのことで一言も洩らしはしなかったが，この無視に驚いたのだった。アルシャンボーは仏頂面をしたことがなかったからだ。けれども彼は片隅で待ちあぐね，妻を娶ったことを呪い，彼女を後押しした両親を呪った。以前のほうが幸せではなかったか？　もっとましな人生を送ったのではないか？　情念を鎮めるためなら，不実な召使女とか人妻が居なかったわけでもあるまいに。なんでまたこんな苦境に陥ってしまったんだ！「畜生！——と彼は考えた——あの女は手に負えぬ嫉妬の重圧になってしまった！　これもすべてこの美女のせいだ，あまりにも美しい女のせいで，儂は狂ったように惚れてしまい，押しつぶされてしまったんだ。あの女が儂の状態を少しでも心配しているなんてことがあってたまるか！でも，あれに何としても心配させずには措くものか！　儂のいとこの国王め，この裏切り者め！　おお！　今になって分かったわい，あの男

現代版　フラメンカ物語

の振る舞いが。あいつはヌムールにスキャンダルを探し求めにやってきて，それに着手したんだ。
　どうも奴はそれを手で探ったらしい。みんなは砂糖菓子の一かけらだと奴に伝えた。傍若無人にも，奴はそれに挑んだ。儂に何か疑念があったにせよ，奴はそんなものに絶対に触らないものと誓ってよい。それに，儂が国王を疑うことなどどうしてできよう？　儂が生まれた時こそ呪われよ！　儂は中央山地北部を片腕で持ち上げることができても，うぬぼれ女一人に打ち勝てはしないのだ。王妃は儂がやがて嫉妬するだろうと予告したとき，言わんとしていたことを心得ていたのだ。神よ，この女占い師を罰したまえ！　彼女から解毒薬をもらうのはまっぴらだ！　たしかに，今の儂はこれまで見られなかったような焼餅やきになっている。誰にも負けないくらいに。そして，儂が寝取られ男だとしたら，そのとおりだ。何たることか！　どうしてこんなことに？　もうそうなってしまっている……分かり切っていることだ。

　アルシャンボーはとっぴな言動を止めはしなかった。フラメンカは心配していた。夫の苦悩が理解できなかったのだ。彼女はその結果だけを見ていたのだ。しかも，彼は病気の原因を何も打ち明けはしなかった。ベッドの上でさえ，黙りこくっていたのである。毎晩，彼は彼女を何気なく抱き締め，もっぱら自己満足だけに留意していた。彼女が話し掛けても，聞こうとしなかった。彼が宮殿を出入りしても，みんなにはその理由が分からなかった。行商人を見ると，彼は苛立つのだった。だれを見ても，彼は決まって女房を欲しがっているのだとか，たちどころに女房と寝たがっているんだ……と考えた。犬みたいに歯をむきだしにしてから，奇妙なことにその男をディナーに招待して言うのだった――「あんたは厚かましい振る舞いを示す好機を手にするつ

第Ⅱ章　嫉　妬

もりかい」。

　フラメンカは社交を好んだ。たいそう陽気だったから，ブルボンにたくさんの女友だちを持っていた。彼女らは彼女の切れ込みを入れた衣服や，何も手入れしない頭髪をまねていた。彼女らは詩を読み，音楽を興じた。恋愛が仲間の主たる関心事であって，それぞれがおしゃべりを貴婦人"愍懃"の掟——低俗な情事には警戒する——に則って行っていた。フラメンカは夫の卑劣な行動を友だちに打ち明けることはしなかった。誇りから，それを食い止めていたのだ。ほとんどいつも彼女はアルシャンボーの新奇な癖である微笑の仕方とか，イバラの茂みみたいに生やしている顎ひげのまねをするのだった。

　ある夜，彼の傍でやたらと優しそうに，マントルピースのベンチの上に腰かけながら，彼女はこの焼餅やきの夫にあえて質問した。

　——どうしてあなたの意地悪な性格で私を苦しめたりなさるの？

　アルシャンボーは震え出し，両唇を嚙み，自制するために指をねじるのだった。

　——私が何をしたというの？——と彼女は言い続けた——私は口が利けぬ人の妻なの？

　彼は一瞬押し黙っていたが，それからだし抜けに，鋭い眼光で射すくめて，どなった。

　——裏切り女めが！　儂はどうしてお前を殺さずにおれるのか分からない。もうお前についての話を聞かないですむようにな！　お前のせいで儂はすっかり混乱しているんだぞ！　儂の骨も，神経も，筋肉もすっかり台なしになっているんだ！

　アルシャンボーは薪の燃えさしをつかんで，フラメンカの頭髪に近づけた。

　——燃やしてやるぞ，女たらしたちを魅きつけるこの頭髪を！　魔

現代版　フラメンカ物語

女め，この儂を誰だと思っているんだ？　耳も聞こえ，目も見えるこの儂はちゃんと見抜いているんだぞ，互いに交わしている合図も，こっそり押し当てあっている手も，テーブルの下で触れ合っている足もな。儂だって，お前と同じぐらいの策略はあるんだぞ！　お前が勝っている唯一の点は，儂がお前の過ちに苦しんでいるのに，平静な態度を取っておれることだけだ。でも，それも長続きはしまい。お前もやがてこの苦悩を味わうことになろうからな。

　──神かけて──とフラメンカは涙ながらにうめいた──私に何の罪があるというの？　私はあなたを幸せにすることしか考えていないわ。存在もしない愛人のことをどうして非難なさるの？　ここに入って来るのは，あなたがドアを開けてあげている男の人たちだけよ。彼らを籠絡するためにかつて何もしたことはありません。仮に誰かが私に言い寄るとしても，あなたの面前でだわ……。

　──でも，背後では何をしていることやら？　とアルシャンボーは苛立った。

　──私は仲間と一緒にしか，ここから外出したりはしませんわ……。

　仲間だと？……国王が出席していたとき，あの宮殿に大群衆がいなかったとでも？　そのせいでお前ら二人ともがカップルを組む妨げになったのかい？　銘々が誰のほうに君の気持ちが傾いているかを分からせるようにと，お前は袖を王に贈ったではないか？

　──あら，あれは私が贈ったんじゃないわ──とフラメンカが叫んだ──王が無理やり私から引きちぎったのよ。王は王妃の心を悩ませたい，とおっしゃっていたわ。私は負けじと立ち向かったのだけど，王があまりにも強く私の手首を締めつけたので，私は気絶してしまったのよ。

　──嘘つきめ！　信用するもんか！　もうたくさんだ！　黙れ！　儂が

第Ⅱ章 嫉 妬

命じる前に口を利くんじゃない！ 罰せずにはおかぬぞ！
　フラメンカは全身が震えた。アルシャンボーは彼女のうなじをひっつかみ，テーブルのほうに引っ張っていき，その上に彼女を倒した。彼女の涙にひどく興奮して，彼女と寝ようとした。哀れ彼女は拷問に息が止まりそうだった。涙と汗でびっしょりになりながらも，彼女は夫の為すがままのすべてのことを耐えるしかなかった。目は血の気が失せた。心は藻抜けの殻だった。あまりの残忍な仕打ちを受けたために，彼女は半ば死人のようになってしまい，ただちに殺してください，と天にお願いするのだった。

*
* *

　無分別にも妻を見張ろうとして，アルシャンボーは或る日，台所の窓に立て掛けられた梯子の上に上がった。フラメンカとその二人の小間使いのマルグリットとアリスが食卓の準備をしていた。ロースト肉のうまそうな香りが部屋を満たしていた。料理人は一時間前から焼き串をひっくり返していた。ひどく暑かった。
　――飲み物でも？ とアリスが尋ねる。
　――どうも，と料理人が答える。
　小間使いがワインの小壺を冷やしてある窓のほうに進んだ。アルシャンボーははっとたじろぎ，彼女は彼に気づいた。彼は大急ぎで降り，梯子の段がないものだから，どしんと，中庭の四羽の雌鶏の真ん中に仰向けにひっくり返った。上のほうから，笑い声が雹みたいに彼に降り掛かった。腰に打ち傷をつくり，やっとのことで自室に上がり，服を着たまま，長々と横たわった。
　「気違い連中め！――と彼は悔しがった――儂を助けにくる代わり

現代版　フラメンカ物語

に，からかいやがった。食酢で儂の背中をマッサージしたり，出血を減らすこの軟膏を儂の体に塗る必要があるというのに。それでも，手前らは儂の健康を心配しているつもりなのか？」
　貴婦人"嫉妬"が彼のベッドの下にやってきて座った。
　──こんな姿を拝見するとはお気の毒ね，と彼女は茶化した。
　──いったい誰の責任だい？　と彼が言い返した。
　──間抜けみたいに見張ることになる，とかつて言ったじゃない？
　──まったくもって嫌な女だ！　儂の調子が悪いというのに，何も火に油を注がなくてもよいではないか？
　──アルシャンボー，あんたがかわいそうなのよ。その証拠を示してあげたいわ。
　──勝手にしたまえ……儂がもうへとへとなのが分からないのか？
　──あの美女を苦しめるために，あんたはまずいやり方をしている。私がこつを教えてあげましょう。
　──うるさがらせないでくれ。儂は儂のやり方で焼餅をやきたいんだから。
　──まあいいでしょう……おいとまするわ，でも，いざとなったら私に助けを求めなさい。
　彼女は姿を消した。アルシャンボーは目を閉じた。仰向けに寝て，両手で祈り，動くのを避けた。動くと，身体中がひりひりしたのだ。少しずつ，夢想から新たな計画が生まれた。
　「あまりの寒さ，あまりの暑さ，あまりの飢えから，妻を守ることにしよう。あれのことをひどく愛しているのだし，儂が用いた手段で他の男をあれから守ることができなかった以上，あれの見張りをつけねばならない。でも，儂よりも忠実な者が一人もいない。要するに，ほかにどうしようもない。儂が馬に乗るのを止めるべきときなのだ。

第Ⅱ章　嫉　妬

フラメンカが儂に耐えがたい心配を引き起こさなければ，もっとよく休息できようが，天から儂に託された仕事を諦めるわけにはいかない。

　塔は高いし，壁も厚い。あそこにあれを二人の小間使いと一緒に閉じ込めよう。たとえ教会とか入浴に出かけるためであっても，儂がいないで外出したりでもしたら，儂は首をくくられてもいい。」

　それからの日々，フラメンカは大きな不幸を恐れることになった。夫の目が異様にうきうきしだしたのだ。アルシャンボーは穏かになった。いつも髭ぼうぼうで，入浴しないために悪臭を放っていたのだが，あまり彼女を悪口で苦しめることはなくなり，彼女を殴ることなく同衾するのだった。時の成り行きで，あるいは暖炉の傍でぐったりして座ったり，あるいは動き回りながら，ぶつぶつ言ったり，低能みたいににやっと笑ったりした。彼女の後ろから，子犬みたいに部屋から部屋へと追いかけた。彼女が従僕に話しかけようものなら，彼のズボンにキャンキャン鳴くのだった。どうやらすっかり分別をなくしたらしい。彼女はどうしてよいか分からなかった。あれほど幸福を期待していた結婚は，懲罰でしかなかったのだ。嘆いてもどうにもならぬことながら，彼女はこの狂人のものになっていたし，もし彼が治らなければ，死に至るまで最悪のことが彼女に約束されているのだ。夫を宥めようと八方手を尽くしても，ことごとく失敗した。彼女が反抗しようものなら，夫は殴ろうとして手を振り上げるだろう……。

　或る晩，アルシャンボーは熟睡中にうわごとを言い，秘密の一端を洩らした。「お前は何が待ち構えているか分かっていないんだ——と彼は繰り返した——いや，いや，お前は分かっちゃいない……確かに……」。彼女は眠れなかった。身体は凍えた汗で覆われた。窮地に追いつめられた獣みたいに，彼女は森の中の抜け道を探して，つきま

現代版　フラメンカ物語

とう犬から逃げようとした。とうとう，光が一筋射し込んで，少しばかり安静をもたらした……。朝になると，彼女は告解のために教会に行くことを求めた。
　——さては，お前は罪を犯したな！　と夫は薄笑いを浮かべた。
　——たぶん……，と彼女は無関心を装った。
　——教会には行かせない！　と夫が激しく言い返した。
　——私が教会へ行けないのなら，ねえあなた，ドン・ジュスティヌス様をここに寄こしてくださいな。
　——いや，ならぬ！
　——私が即死できたなら，私の魂を暗闇に放置するおつもり？　そんなことをしたら，神さまがあなたを地獄に葬りますよ。神の御意志を邪魔するほど大罪はありませんわ。
　さんざん茶番を演じた挙句，アルシャンボーは司祭を呼びにやった。ドン・ジュスティヌスがやってくると，一切のことを聞いてくれるように先手を打った。この老師は担がれはしなかった。半世紀来，ブルボン家の礼拝堂付き司祭をつとめてきたのだ。若いアルシャンボーが聖史を間違って朗誦したとき，彼に科せられた償いは，主禱文や天使祝詞だけにとどまらなかった。ヘーゼルナットの叩き棒が彼のふくらはぎに幾度も縞模様をつけたのだった。
　神父は騎士を軽蔑の眼差しで見下し，部屋から退くように頼んだ。アルシャンボーは自分は主君だし，修道院を閉鎖したり，神父を捕虜にしたりすることだってできる，と主張したが，ドン・ジュスティヌスは彼に逆らった。
　——あなたの牢獄なぞ怖くはありません。私たちがこの世で過ごす歳月は短いものです。天上の神は私を解放されるでしょうが，あなたが私の職責の遂行を妨げられるのなら，神はあなたを永久に悪魔に任

第Ⅱ章　嫉　妬

せることでしょう。知恵を少し取り戻してください，遠ざかってください……。

　司祭が重々しい声で発した数語のせいで自分が妨害をすることに絶望して，アルシャンボーは子供みたいにぽとぽとと涙を流した。両足を引きずりながら，立ち去り，両手は人類を絞め殺そうとでもするかのように懸命にベルトをねじ曲げていた。

　――神父さま，ご加護を，とフラメンカは跪きながら，お願いするのだった。

　ドン・ジュスティヌスは親指で，彼女の額の上に十字を切り，立ち上がるよう促した。黙って彼女を見つめ，若さと清らかさにあふれた顔つきの，かくも完璧な神の被造物がどうして悩まさせられることになるのか，と自問した。そっとフラメンカの腕を取りながら，彼女と一緒にゆっくりと部屋の周りを歩いた。

　――私にどうしてもらいたいですか？　あなたが何の罪も犯してはいないことは承知していますよ，と彼はフラメンカに言った。

　――神父さま，お助けください。私にはもう活力がありません。アルシャンボーが正気に返らなければ，私には死ぬしかありません。獰猛な焼餅やきになっています。私を絶えず最悪の苦痛で脅しているのです。どれほどの虐待を加えたか，とても打ち明けることはできません。天使たちが私に天の聖水を注いでも，彼の汚れを私から洗うことはできないでしょう。でも神父さま，私は聖母マリアにかけて誓いますが，そんな運命に値するようなことを何一つしたこともないし，何一つ行っていません。すべては国王が私の心をつかんだと想像し，自分の体面が汚されたと想像していることに起因しているのです。

　――確かに陛下も咎められるべきです。礼儀に反して，あなたを傷つけるような振る舞いをしでかしたのだから。でももっと咎められる

現代版　フラメンカ物語

べきは，あなたのご主人を刺激した粗暴な言葉です。嘘の毒が彼の血液をかき混ぜて，彼の良識を逸脱させたのです。私が知るところでは，時だけが地上の薬なのです。私たちは神に熱心に懇願して，善意に期待しなくてはなりません。神のみが責め苦を和らげられるのです。

　──神父さま，一日の始めから終わりまで，私の全力にかけてお願いです。神がまだ私のことを分かってくださらないのでしたら，私の夫にお話ししていただけませんか？　夫は神父さまを恐れています。夫の両親に助けを求めてくだされば，きっと助けに来てくれるかもしれません。それに，ヌムールの私の父に次の訪問をするようにどうか伝えてはいただけませんでしょうか……。

　──ねえ，フラメンカ。こんなことをしても助けにはならないのではあるまいか。アルシャンボーは頑固だし，彼の狂気は揺るがない。彼は横から攻撃されようと，正面から攻撃されようと，何も聞き入れはしない。

　──まさか，ただちに屈服なさったりはしないでしょうね？

　──もちろん。でも，彼の狂気のぶり返しが怖い。私らが一緒に話している間にも，彼の頭は興奮するのだから。彼がどんな反乱をおこすか，分かったものではない。

　──神父さま，お願いですから，私の頼みをかなえてくださいまし。もしこれが失敗したら哀れんでください。でも，私が自殺しなければ，彼はもっと私を苦しめることになるかもしれません。

　──フラメンカ，あなたの望むように行動しましょう。でも忘れてはいけません，主があなたに主人を授けたのだということを。彼には尊敬と服従が払われるべきなのです。教会にも法令があります。これを無視すれば，破門されます。聖書にかけて誓ってください，あなたの願望がかなえられなくても，戒律を破りはしない，と。

第Ⅱ章　嫉　妬

　フラメンカは司祭の聖務日課書に右手を載せた。
　——お約束します，神父さま。もし私が誓いを破ったら，魂が私から離れますように。
　ドン・ジュスティヌスの厳格さも，フラメンカの若々しい視線で溶けてしまった。彼女は神父の両手に接吻した。神父は彼女への神の加護を祈り，思案顔で心ならずも，塔の廊下から立ち去った。「女は邪悪であって，服従させられねばならぬ，と書物には書かれている。この者はどう考えるべきか？　規律を逃れることはないか？」

　父母も，司祭も，義父も，たとえアルシャンボーに対してどんなに思いやりがあろうとも，彼の怒りを鎮められはしなかったし，彼の敵意から彼女を遠ざけることはできなかった。彼らは皮肉や，度外れの被害を受けた。「儂に何で一杯食わせるのかね？……国中が何で儂を中傷するのか，卑怯なトルバドゥールたちが何で儂の嫉妬について詩を作るのか，儂は何で善良な人びとから嫌悪されるのか？　儂には関係のないことだ！　寛大な寝取られ男でいるぐらいなら，鹿の枝角よりも高い角を見せびらかして，札つきの焼餅やきでいるほうがましだ。隣の大通りでけなされようと，儂の奇癖が嘲弄されようとかまうものか。望むところだ。火山を蠟燭みたいに指で消すなどと思わないでおくれ。わが身を眺めることもしないで，儂が嫉妬していることを責められるのかい？　儂以上に嫉妬している者を大勢知っているんだぞ。みんなは儂を揶揄(やゆ)するのか？　どの男でも欲望をかき立てられずにおけぬほどの美女を目の前にしたら，毎日彼らはどうするだろうか？　良き水夫はスコールを見張るもの。慎重な騎士は剣で打たれる前に盾を掲げる。貴婦人 "愛" も知らずに宮廷風恋愛を装った悪がきが，心に悪魔を生じさせたとしたら，儂はどうすべきか？　儂の不名誉をど

現代版　フラメンカ物語

うやって隠せるというのか？　何も予見しなかったことで咎められても仕方がなかろう。髪の毛一本にもその陰はある。今後，誰にもそんな陰を見せてはなるまい！　儂ひとりでそれを味わうことにしよう」。

　もう誰も彼女の傍に近づくことは許されなかった。彼女の母親が泣いても，アルシャンボーに憐憫の情を催させはしなかった。彼はみんなを追い払った。或る晩，塔の上に，彼が要求して壁を設けた石工と一緒になって，彼はフラメンカと二人の小間使いの少女を鉄で覆われた扉つきの部屋の中に閉じ込めた。彼女らは彼だけがその鍵を持っている開口部から，食事を受け取ることになった。

　フラメンカはさめざめと涙を流し，幾度となくため息をつき，辛い苦悶を耐えた。小間使いたちは彼女に気晴らしをさせようと精いっぱい尽くしたけれども，彼女は日陰の植物みたいに弱まっていくのだった。料理が出されても，はねつけることもしばしばだった。アルシャンボーは料理人が開口部を開けるときその後ろに隠れて，マルグリットが女主人がもう食べようとしないと嘆くのを聞いた。幾日も経過していった。それでも，この騎士は何らの同情も示しはしなかった。彼女の不在を心配する人びとは，彼の手ひどいあしらいの犠牲者となった。彼らの無謀な試みはすぐに弱まってしまった。貴婦人"偽善"が思いっきり楽しんだのだ。ブルボンの領主に逆らうことは，男爵であれ，町人であれ，いたずらっ子であれ容易なことではなかった。アルシャンボーは上からであれ，下からであれ，どんな叱責にも気にかけなかった。愛も不幸も皆目分からないようなときに，結婚に介入して何になろう？　フラメンカを休みなしに探っているひそかな銃眼から，彼は彼女が受けた試練で醜くなるのを見たがったのだが，いくらか痩

第Ⅱ章　嫉　妬

せたのが彼女には似合ったし，目を大きく見えさせ，輝かせたし，彼女の涙のしずくが彼女の顔に百合の色合いをつけたのだった。彼女の髪の毛……おお，彼女の髪の毛よ！　裸の肩の上に，ふんだんに垂れさがっているではないか！　それを何も見なかった者なら，それが自分に及ぼすその影響力を嗅ぎわけられようか？　妻が塔に入って以来，悪魔がそこに住み付いたのだ。この地獄の王子と闘うのは超人的なことだし，彼はすべてのいかさま細工をたくらんでいるのだ。彼に打ち勝ったと自負すると，今度はかつてないほど傲慢になって復活する。アルシャンボーは嫉妬に狂ったと信じ込み，自分が愛で狂ったことを知った。自分が恋しているとでも思っていたのか？　彼は邪慳な行動しかしなかった。もはや自分の感情がどうなっているのかも分からなかった。逆風が彼から感情を柳の葉みたいに引きちぎり，散らからせた。犬みたいに四つんばいになって，その葉っぱを探し，かき集めたのだが，元の枝に戻すには至らなかった。こういう無秩序からは悪意しか生まれなかった——彼がフラメンカの足許に身を投げ出し，そっと両足に口づけし，赦しを乞おうとし……そして，彼女の傍で彼の両親，友人たち，隣人，彼自身と一緒に幸せに生きようと欲したときにも。心底の誓いだった！　でも，一瞬後には猛威の激発を再びもたらすのだった。

　ドン・ジュスティヌスは彼に，妻を日曜日のミサに連れてくるよう迫った。彼は叫び声を上げ，冒瀆の言葉を口にし，貴婦人たちや貴族の娘たちが気取ったり，夫に対しておぞましい陰謀をたくらむ場所たる教会への出入りを批判するのだった。

　全然異端者には見られないようにするため，狡獪にも，彼はフラメンカをミサに連れて行くことにはとうとう同意したのだが，ただし，彼女がすべての信者の後から入り，そして告解者から見られないよう

現代版　フラメンカ物語

にするために，指物師によってしつらえられたボックス席の奥に着席すること，という条件つきだった。聖職者は彼女に低い開き戸を介して《接吻牌》を与えることになろう。

　彼の意図はやがて整った。聖職者と主に背を向けないよう，彼はもみ手をした。

　11月の死者の記念日（11月2日）までは，この貴婦人に視線を向けたことを自慢できる者は誰もいなかった。アルシャンボーはこの策略だけで満足はしなかった。フラメンカは奉献に歩むことをしなかったばかりか，彼女の顎ひもを自分でしっかり締めつけておいたために，彼女はほとんど口を開けることもできなかったのだ。彼女の頭巾はぴったりしていて，その髪の毛をほんの一房でも見れる者はいなかった。顔の上のヴェールは彼女をみんなから隠しおおせていた。彼女に近づける聖職者を除いては。焼餅やきの夫は仕切り壁の前で彼女を見張った。小さな鈴がチリンと音を立て，頭を下げるように促すと，彼は目を皿にして監視するのだった。祈禱で彼が知っていたのはたった一つ，「手の中の雀は飛ぶ鶴よりもまし」だけだった。

　苦悩，屈辱的な服従の二年が過ぎてから，貴婦人"愛"がフラメンカを癒やしに塔にやってきた。彼女の言葉は優しかった。

　——美しい城主夫人よ，あなたの絶望は，あなたを罰している人の意欲をかき立てるだけです。少しでも超然とすれば，その人をもっと悲しませることでしょうに。

　あなたの置かれた状態を見てみましょう……。あなたはご主人を愛していますか？　全然。あなたの心の秘密は，私はとっくに知っています。友情は死にました。あなたに誇りをいっぱい与えてくれ，あなたがその腕の中で享受した，あのアルシャンボー，賛辞をふんだんに与えてくれた騎士は今日日ではベルゼブル〔「新約聖書」では悪魔の頭とされている〕の仮面を

第Ⅱ章　嫉　妬

つけています。彼がいつか良識を回復し，婚礼のときのように，あなたに仕えるためになおも手柄を発揮することがはたしてあるでしょうか？　何の保障もありません。あなたは事態の急変を待って，不安に苛（さいな）まれる必要があるでしょうか？　全然。愛の規則を破り，愛する術を軽蔑して扱うような者は，私たちの苦しみには値しません。あなたがそんな者をもう愛しないこと，あなたが子供を産まないことを神は望んでおられます。恩寵のおかげで，あなたはあまり苦しまなくなるはずです。不平を言わずに気苦労に耐えなさい。監禁されていても，あなたへの愛から，あなたの門番に挑み，その罠の裏をかく者には障害とはならないでしょうし，あなたに胸をときめかす日々，歓喜の夜々をもたらすでしょう。自信をお持ちなさい。

　フラメンカは疑いながらも嬉々として，貴婦人"愛"の訪問や，数々の言葉に感謝した。小間使いの少女たちは"愛"の姿がたいそう滑らかなことや，視線が泉のように澄んでいるのを見て驚いた。彼女らは魅力のある貴婦人"愛"が選ばれた人びとにしか姿を見せないことを知らなかったのだ。たとえルシフェル（魔王）の共犯者としてではあっても，貴婦人"愛"が自分の欲望対象でなければ，いかなる目撃者も彼女を見ることはできなかっただろう。

　それどころではなかった。彼女の光りを浴びた者は今度は太陽に触れた後の星みたいに輝いたのである。

第Ⅲ章　ギレム

　四月の芳しい草，ポプラや楡の木に囲まれたロワール川岸のギレム（ギヨーム）の宮廷は陽気だった。若いこのヌヴェール伯が旅から戻ってきた。彼は領地一円を訪ねたのだった。収益に満足して，一週間のお祭り騒ぎを命じた。

　彼が樹木の間をかきわけて，城主としての好意，愛想を振りまきながら機嫌を取っていると，近習のベルナルデという，若いトルバドゥールがアポロンから吹きつけられた揺り籠の上で歌っているのを聞きつけた。この歌の終わりに出てくる名前がギレムの聞き耳を立てさせた。彼にはその貴婦人を知っているように思われたのだ。彼が仮面をかぶって勝ち取ったブルボンでの馬上試合が行われていたとき，窓越しに見たあの女性ではなかったか？

　——ベルナルデ，そばにきなさい，と彼は命じた。もう一度繰り返してくれぬか。君が遠くで歌っていたものだから，君の歌の半分も聞き逃したんだ。トルバドゥールはこの願いを喜んだ。そこでリュートを指先ではじきながら，命令に従った。

　「壁の中，石の心が
　　奥方を囚われ人にし，
　　宮廷の人びとを追い出した……
　　しかも，まずしいトルバドゥールの私をも。
　　バラが日陰で死ぬように，
　　奥方も暗い塔の中でうめいている，

48

第Ⅲ章　ギレム

みんながベッドの中で夢見るほどの
楽しみがないために。
われらからこの歓びを奪った
焼餅やきの夫を，神が罰し給わんことを。
お前を悩まさせんがため，一人の騎士がやってきて，
フラメンカを魅了することだろう。」
　この話に夢中にさせられたギレムは近習を川に沿って，無理やり連れ出し，自分の傍の平らな石の上に座らせた。
　——君が信用できぬ，と彼は言うのだった。君は何でも自分勝手に整理し，君の兄弟でも韻を合わせるためなら殺しかねない。心臓の上に手を置いて誓っておくれ，この話が真実であり，君がそれに君のスパイスを少しも振りかけてはいないことを。
　——お誓いします，ご主人さま。予言である最後の部分を除いては……。僕は真実に何も加えてはおりません。奥方はブルボン伯爵夫人です……。
　——彼女は君が歌い上げているほどの美人なのか？　とギレムが訊いた。
　——馬上試合のときに，ご覧になられなかったのですか？
　——ほとんどな。儂は競技場では一流の腕前の彼女の夫と闘うことに一生懸命だったから。あのとき，君は儂に仕える代わりにその視線を奥方の胸元に注いでいたんだ。さあ，彼女のことを話しておくれ……。
　——彼女をあらゆる花で飾ったとしても，とベルナルデは始めた。僕が嘘をついているとは思わないでください……。
　彼が彼女について行った肖像画のために，ギレムは勲章を授与し抱擁して報いた。「この世には輝かしい髪の毛，まばゆい目つき，優しい微笑，ほっそりした肢体，これらが儂の希望の頂上まで高まっているような貴婦人が存在している……。彼女を苦しめている者から解放

現代版　フラメンカ物語

するために，必要とあらば，軍隊を動員するだけの価値のある貴婦人が！」
　——それじゃ，ベルナルデ，なぜアルシャンボー卿は彼女を閉じ込めたんだい？
　——さっき申したではないですか？　嫉妬のせいです。彼は彼女を失うのが怖いのです。彼女に近づいて，彼女を求めるすべての男たちが怖いのです。彼女を欲しがらずにいることは不可能ですからね。
　——でも，彼女はそんな仕打ちを受けるような過ちでも犯したの？
　——いいえ，殿。アルシャンボー伯はちょっとした不貞の証拠でも握ると，それだけで彼女はもう死んだも同然になるのです。
　貴婦人〝青春〟がいつでもギレムを冒険へと駆り立てようとしていたから，その後出来する(しゅったい)ことに彼を参加させるのに何の苦労もいらなかった。この貴婦人〝青春〟は貴婦人〝愛〟がその最後の細心な詰めに成功するのを望むだけだった。

　貴婦人〝愛〟は意気揚々と，ギレムの声が聞けるところをくるくる回り続けて，高貴で素晴らしい幸運を彼に約束するのだった。彼女は苦労を惜しまずに彼を説得し，彼が誰よりも創意工夫に富んでいることを繰り返し説き伏せた。
　——あなたはどんな占いや運命を知っても無駄です，と彼女は言うのだった。あなたはまだもっとも素晴らしい喜びを知りません。あなたにそれを取っておいてあるのです。それは監禁されている女性から得られるでしょう……あなたのために。
　騎士はすぐにでも馬にまたがりたかったのだが，まだためらいがあった。ことを起こすのは危険だったのだ。彼の血気は盛んだったのだが，「モントーバンのルノー〔中世武勲詩の主人公〕の長剣みたいに」ブルボンへとギャ

第Ⅲ章　ギレム

ロップで駆けつける気にはならなかったのだ。
　モーセの十戒にも、「他人の妻を欲しがるな」とあるではないか。あまり問題にされないこともあったが、それは情念抜きの征服の場合だった。いま彼が捉われてる熱情は、わけも分からずに高鳴っている。彼の豪勇もこの新たな熱気の下で融けかけていた。どうやって自己抑制したものか？　この戦闘のためには十分武装できているではないか？　もし失敗したら、自分はどうなるか？
　フラメンカは彼の夢の中によく現われたが、彼が思い切って言おうとするや途端に彼女の姿はかき消えた。さながら漂砂(クイックサンド)から脱出したみたいに、額をびしょ濡れにして目覚めることもよくあった。見たこともないのに、連想した女性を遠くから愛することがはたしてできるのだろうか？　自分の心を、触れられぬ心に引き渡したりできるのだろうか？　このことをベルナルデに話すと、こう返事が返ってきた——「愛することです、愛しなくてはなりません。愛を愛することは第一の幸せなのです」。
　——ベルナルデ、君はサタンと付き合おうというのではあるまいな？　とギレムは真剣に尋ねた。
　——かまうものですか？　と詩人はずる賢く言い返した。
　——君は僕がフラメンカにふさわしいと思うのかい？　いつもいつも彼女のことを歌い上げたりして……。
　——殿、私は何一つでっち上げてはおりません。彼女に完全に感謝するほど、私はたぶん十分に器用ではないかもしれませんが。
　——もし彼女が君に僕のことを尋ねたとしたら、どういうつもりかい？
　——ありのままを。
　——どんなことを？

現代版　フラメンカ物語

　――それは長くなるでしょう……。
　――時間はたっぷりあるぞ。
　――あなたの美徳のほんの半分のせいでも，フラメンカ婦人ならはねつけはしないでしょう。
　――冷やかし半分の態度はやめてくれ……。
　――殿，今この瞬間，私より真剣な男はかつていたためしがありません。
　――それでは答えにならぬ。彼女に何を言うつもりなのかい？
　――殿，それを告白するのは恥ずかしいです……。すでにすっかり書かれていることです。
　――じゃ，儂は何を理解すべきなのかい？
　――失礼ながら，殿は私を決して放っておいてはくださりませんが，独りになって，書きつけているのです。ご存知のように，妖精たちは私にささやかな才能しか授けてくれてはおりませんが，この恩恵が私に強い楽しみを供してくれて，思いや秘密の話を詩句に書いたり，あれこれの人びととの肖像を追跡したりしているのです……。日々の流れに沿って殿の話も出来上がりつつあるのです。
　――見せておくれ！
　――殿はそれほど私の鏡が必要なのですか？　強い性格の騎士であられる殿が……。
　――黙りなさい，君の作品を寄こしなさい。
　――どうぞお好きなように，殿。でも，殿がご立腹になるのを私は望みません。なにせ殿への私の好奇心は大きいのですから。たぶん私はそうであるべき以上の好奇心を抱いているのかもしれません。
　――寄こしなさい，ベルナルデ……。
　ベルナルデが差し出した革の箱を急いで開けた。このトルバドゥー

52

第Ⅲ章　ギレム

ルが読み上げるようになるまで待ってほしい，という願いに耳を傾けようとはしなかったのだ。

　ギレムはアダムが父なる神によって土からこねられて以来，他者によってつくられた似姿の前に立つことを望んだことがなかったのか？ この男は繊細な詩人が観察しながら構想した絵を開いて，とても喜ぶのだった。

　「ブルゴーニュに貴婦人 "自然" が懸命に作り上げ，磨きをかけた一人の騎士がいた。これほどの美しい人間，これほど賢明で，武勇の誉れ高い者はいなかったから，アブサロンやソロモンを併せても，彼に比べれば何でもなかった。同じく，パリス，ヘクトル，オデュッセウスも，ギレムに比べたなら，とても評価されはしなかったであろう。

　彼の髪の毛はブロンドで，カールしており，波打っていたし，その額は上品で幅広かった。目は大きく，澄んでいて，にこやかだった。鼻は弩(おおゆみ)の軸みたいに真っ直ぐだった。顔はふっくらしており，顔色は五月のバラのように潑剌としていた。

　たくましい手の指は，平らな関節から長く延びていた。ウェストは細く，腰は角ばっており，両脚は頑丈であって，決してちぐはぐではなかった。レースで彼に追いつけるとほらを吹ける者は皆無だった。

　パリ大学の学生として，彼はどの国でも学校を経営できるほどに七つの学芸を学んだ。ほかのどの学僧よりも上手にミサを務めたり歌ったりすることができた。彼の武芸の師ドメルクがしっかり訓練して，相手に立ち向かう前に神の加護を求めるようにさせた。幸運の星の下に生まれたこの騎士は，騎馬槍試合で，その術策や力が恐怖を振りまいていた。少しばかり旅をして馬上槍試合に精通している人びとは，彼に関して仮面をつけていようがいまいが，取り違えることはなかった。

現代版　フラメンカ物語

　17歳のときおじに騎士叙任式で武具をつけられた公爵は，家族および国王から，無くなることのあり得ないしっかりした地代を受け取った。乱費することもなく，寛大だった彼は贈物を待たせたりは決してしなかったから，それ相応の人を辱めたりはしなかった。
　彼は貴婦人や，上流社会や，ゲームや，犬，鳥，馬といった，立派な生まれの人にお気に入りのすべてのことを大いに好んだ。彼はトルバドゥールたちと同じくらいに歌を知っていたし，彼らが彼の施しについて不平を言うことは決してなかった。この私ベルナルデが，彼からなされた，もしくはさらになされるであろう善行のせいで彼の資質を大きく見せようとした，なぞと思わないでいただきたい。ギレム（ギヨーム）・ド・ヌヴェールは——すでに申し上げたように——神を愛し神の友だちを愛するような人種なのである。
　彼の精神は生き生きしており，純粋であり，学習にいつも打ち込んできたから，彼に解決できぬような難問はなかった……ただ一つのことを除いては。というのも，彼はまだ恋愛にかかわったことがなかったのだ——このことについての真相を自分自身で知るようには。彼が知っていたのは風の便りで，愛神が美しい話を廷臣に聞かせるためにどういうことをしたか，といったことぐらいだった。彼は愛する人びとが行うべき振る舞いについて作家たちが述べていることを読んではいた。私はここで性行為の仕方のことを言わんとしているのではなく——こういうことなら，彼のおじで売春婦に通暁したベルトランがずっと以前から彼に手ほどきしていたのだ——て，一生を占めるような愛のことである。
　今日，貴婦人〝青春〟と貴婦人〝愛〟が彼を彼女らの翼の下に捉えたのだった。彼は自分の心を，ひとりの貴婦人の心に，思いのまま結びつけることを夢見ていた。『シラ書』も書いている——と私には思

第Ⅲ章　ギレム

われるのだが——，『楽しむためのときもあれば，結ばれるためのときもある』と。ギレムはもはやこのことしか考えなかった。母から生まれた女性で，フラメンカ以上によくできており，愛により向いた者は居ないということを彼に打ち明けることに，はたして私はうまくやり果せただろうか？

でも，もう十分だ。もしこの二人が出会わないとしたら，それは天がトルバドゥールたちを気の毒に思っていなかったからだったのだ！ 次の幾世紀のために美しいロマンを刻めなかった恨みから，私は首つり自殺をしてもかまわない。」

ギレムはスツールに釘づけになり，両腕を両脚の間にたれ下げたまま，まるでオルフェウスさながらに，身をすくませているように見えた。ベルナルデはというと，サン＝ドニ近辺から戻ってきて，そういう姿のままの彼を見つけたのだった。彼はあえて咳ばらいをしなかった。入口で立ったまま，騎士が目を覚ますのを待った。やがてギレムは彼に気づくと，にっこり微笑み，それから，今度は元気いっぱいにげらげら笑った。

——近づいて！ とベルナルデに命じた。いいかい？ 儂は君を悲しませるような臆病ものではないぞ。君は悲しみを押し殺すために絞首台を探すには及ばない。ギレムは詩人を両腕に抱き締めて，訴えるのだった。

——明日，一緒に立とう！ 第二の近習ロバンに通知しなさい。フラメンカが儂らを待っている。接吻は果実と同じく，樹上で摘まれるべきなのだ。

第一夜は，ギレムと二人の近習はブルボンから十五里の所の，ゴーチエという遠縁のいとこの家で寝た。いとこはあらかじめ使者を寄こ

現代版　フラメンカ物語

さなかったことに不満だったが，そういう素振りを示しはしなかった。逆に，みんなを動かして，ギレムのために寛大なもてなしをした。この来訪は屋敷の苔や石みたいに損なっている退屈に対しての救済手段になったのだった。

　騎士は急いではいたのだが，真の目的を漏らしはしなかった。彼は仮面をして参加する予定の，アルトワでの騎馬槍試合のことを話題にした。彼が冒険する習慣のあることを知っていたので，ゴーチエはまんまと騙された。妻も娘たちも熱い視線を英雄に注いだ。ギレムはそのことを気にかけなかったし，彼は貴婦人"愛"が彼の肩の上に置いた無傷の，不可視の鎧(よろい)で守られていたのである。

　貴婦人"愛"は彼から誘惑を取り去ることだけで満足しないで，彼の眠りを妨げ，美しい無価値なもので彼を満足させ，彼の見知らぬ女性を熱愛させるのだった。一方では彼は自分の未来を照らし出すために占い師に訴えるのを好んだのだが，他方では天佑に身をゆだねるのを好んだ。あまりに確実な希望はもはや面白みがなかったからだ。恐怖は運命に辛みをきかせる。朝早く，ギレムは必要もないのにじっと立ち尽くしていた。ロバンとベルナルデが馬に鞍をつけている間に，彼は大修道院へお祈りに出かけ，念禱で神に悪や不幸から守ってくださるようお願いしたのだが，ただし，自分が恋していることは隠したのだった。

　朝食に時間をかけずに，彼は鐙(あぶみ)に足をのせた。近習たちは顔をしかめた。彼は彼らの失望に気づいて，食卓につくように頼んだ。

　——先に行くから，追いかけておくれ！……と彼らに言葉を発した。

　正午の鐘が鳴ったとき，三人の騎士はブルボンに入った。もう半里先から，町を圧している城の塔がベツレヘムの星みたいに注意を引いた。今やもう城壁の下にきていたのだった。目を上げて，もっとも高

56

第Ⅲ章　ギレム

い窓を探した。当然のことながら，鳩一羽も通り抜けられないように見える，細長くて薄暗い開口部を見分けた。
　――一番近くの宿屋はピエール・ギオンのものです，とベルナルデが言った。その部屋部屋は塔に面しています。殿，昼夜この塔を眺められますよ。
　宿屋の主人はステップのところに立っていた。格好よく，肉づきのよい，実直な人物だった。ギレムが近づいて行き，泊めてくれるように乞うた。ピエール・ギオンはようこそいらっしゃいました，と挨拶した。
　――あなた方を宿し，乳で育み，教育された母御が祝福されんことを。あなた方をお迎えするのは手前にとって大きな名誉です。ちょうど夕食の時間でございます。準備は万端整っております。殿，ここに休まれる旅人は少なくとも初日は手前どもと食事をともにしますし，以後はご随意です。
　騎士はこの慣習に従うことを了承した。ただちに主人は女将(おかみ)のベルピルを呼んだ。
　――お手洗いの場所をお示ししなさい！
　ロバンとベルナルデは馬を厩舎に連れていき，馬具一式を整頓してから，主人に加わった。ワインのゴブレットがすでに並べられていた。「この分では信頼できる宿屋の主人のところで泊まることになるぞ」，と二人は思った。
　ギレムは着席した椅子から，塔を眺めた。感動で食欲がかき立てられた。彼はすべての皿をおかわりし，誰にも返事をしないで，囚われのフラメンカのほうに心ゆくまで目を向けることができた。むさぼり食えば食うほど，……思いがすでに固まっていたところへすぐにも飛んで行きたいとますます渇望するのだった。いつになったら，彼女の

現代版　フラメンカ物語

ごく近くに居ることになるかしら？　決してそうはならないのかしら？　両手同然に心をむき出しのまま，破城槌もなく弩(いしゆみ)もなしにこの塔を攻囲するのは，狂気の沙汰ではないか，空しくはあるまいか？　かつて以前にこういう感情を覚えたことがなかった騎士は，耐え難い苦悩のとりこになっていた。彼は城壁と城とを粉砕する力があるものと感じながらも，同時に，羊みたいに弱い自分を自覚するのだった。実際には，貴婦人"愛"が彼の想念を途方もなく束ねていたのである。

　ギレムの部屋は美しく，清潔で，必要なものがしっかり備わっていた。ピエール・ギオンは彼をそこへ案内し，荷物をすべて保管してから，控えめで，しつけのよい宿屋主人になって身をひいた。騎士は近習たちを呼び寄せ，町で決して卑劣な行為を犯すことのないよう厳命した。銘々に気持ちよく過ごすこと，仲よくすること，付属地をじろじろ眺め回さないことを忠告した上，彼の人となりについて何も暴露しないよう，誓って約束させた。彼自ら夕食の終わりに言明したこと，つまり，「彼がブザンソンの出身であり，ここでは長らく患っていて薬の見つからぬような病気でも治ると信じているのであり，毎日，必要とあらば数回湯治場に出かけるつもりでいるのだ」ということしか言ってはいけなかった。
　ブルボンには湯治場は数多くあり，いずれも有名だった。国の内外を問わず，誰でも好きなようにそこを利用することができた。どの湯治場にも貼り紙がしてあり，温泉が何に効くかを示していた。甲状腺腫患者であれ，軽傷の兵士であれ，暇さえあればここにやってきて，そのせいで発作の再発が止むのだった。所有主にお金を支払えば，望むだけ温泉を享受できた。
　焼き土で仕上げられた地下道，大理石の椅子，彫刻された噴水場は，

第Ⅲ章　ギレム

すでにローマ軍団に使われていたから，まるで昨日のもののように見えた。幾世紀以来，それらをただ掃除するだけでよかったのだ。青モザイクのホールの中では，どんな病気にもよく効くと知られているお湯や水が噴出しており，ここに浸かるためにたいそう遠方からでも人びとはやってきていたのである。

　最良の宿屋は上述のピエール・ギオンのものだった。かつてはこの主人はアルシャンボー卿をよく見かけたのだが，この焼餅やきが狂気に打ち沈んでからは，妻を温泉に連れてくることは稀だった。連れてくるときには，フラメンカが服を脱ぐ前に隅々まで詮索し，必ず大きな鍵で扉を閉め，これを自分で保管した。それから，敷居の上を百歩歩きながら，焦燥の草を何度も噛むのだった。とんとん叩いたり，こう毒づいたりすることもあった——「ここから出てはならぬ！　友のギオンの上等ワインをお前に味わせてやりたかったが，それは止めにした。今度お前が遅刻したら，一年以上もうこさせないぞ」。フラメンカが外出するときには，どこへでもつき従う小間使いたちが，彼女のためにいつも同じやり方で報いていた。

　「奥方は私たちのせいで踏みとどまっておられたのだわ。体をきれいにして上げてから，今度は私たちが入浴したんだもの。お湯を振りかけっこしたり，遊んだりして，すまないことをしたわ。私たちの落ち度ね」。生意気にも日々アリスはこうつけ加えていた。

　——奥方さまのご身分からして，お湯につからないと決心さえなされば，奥方さまを白くするためにかける時間も見つかりますわ！

　アルシャンボーが片手を上げると，アリスは笑いながら巧みに避けた。彼は愚痴りながら，小間使いたちと妻に二輪馬車の上に乗るように命じた。城に戻っても，そうした日常の過程はなかなか終わらなかった。

現代版　フラメンカ物語

　貴婦人"愛"が，ある騎士がフラメンカのことを思っており，彼に慰められるときの間近なことをフラメンカに予告していたとはいえ，彼女は主に夫に接近して，良識，善意，威厳を取り戻すようお導きください，と懇願した。雀に生まれ変わって，嘴や翼で壁にぶつかり，自分を追いつめているハヤブサの爪から逃れられるようにと，悪夢の中でそれに終止符が打たれることを切望するのだった。

　フラメンカがピエール・ギオンの宿屋でときどき入浴することを知ると，ギレムは噴水盤の大理石に熱心に接吻し，そして自分の身体をお湯につけている間，彼女が身近にいるものと想像を思いめぐらすのだった。
　戸外では夢が消え失せて，彼はまたも煩悩に襲われた。糸杉の上では，復活祭につきものの傲慢なナイチンゲールが一連の装飾音(ルラード)で彼を侮辱した。自分の心が死にかけているときに，どうして陽気な心を持てたりできようか？　貴婦人"愛"は彼を奴隷状態に追いつめてから，立ち去った。彼女はもはや彼の訴えには応えなかったが，彼はそれでもお願いするのだった。
　――貴婦人の"愛"さま，私に忠実に忠告してくださると約束されましたね……。もしや私があなたさまの忠告に従わなかったとでも？……あなたさまに服従するために，巡礼者のように私は土地や部下を棄てたとき，どうしてあなたさまは私に背を向けられるのです？　毎日，私はため息をつき，悩んでいますが，その原因は情欲なのです。宿屋の主人には病気を装ってますが，いつかはもうそんな仮病の必要もなくなりましょう。私は聖フレーズさま，聖マルタンさま，聖ジョルジュさま，聖ジュニエさま，そのほか宮廷騎士だった若干の人びとのご加護をお祈りしているのです……。でも，馬の耳に念仏も同然なのです！

第Ⅲ章　ギレム

　貴婦人"塔"のあなたは，私の窓の下で尊大な態度を取られて，口をつぐんでおられる。私があなたの石の間に滑り込みたがっているというのに，この沈黙はどうしてなのですか？　私にもその手だてを与えてくださいな！　私のために割れ目を開けてください，私に梯子を投げてください，鳥に私をあの塔に運ぶよう命じてください……。

　ギレムの目にはもはや生気はなかった。朝には露に濡れており，正午には陽光で萎れており，盤のお告げの祈りのときには靄に蝕まれていた。その放心状態は善王ダゴベールのいとこ同然だった。ロバンとベルナルデはシャツを風になびかせズボンを前後逆にはいたまま，町で入り込めるところはないか，と見張らねばならなかった。

　復活祭の前々日，絶望の極みのときに，愛する人のごく近くに居ながらすっかり奪われていることに倦み，ギレムはこう宣言した。

　——ヌヴェールに戻ろう！　馬に鞍をつけておくれ！　こんな不運の国にいてはどうしようもないではないか？

　ベルナルデは彼の恨みを鎮め，彼に辛抱させ，気分転換させるのにふさわしい唄で彼を励ました。

　「恋の悩みにさいなまれても
　　戦闘に出かけてはいけません，
　　やがてそれはあなたに善をもたらすでしょう，
　　そしてあなたの涙を乾かしてくれるでしょう。
　　愛には千以上もの塔があるのです……。
　　一つの塔は
　　多少反抗的です……。
　　そのために，美しい塔をなくさないでください。」

　——いいですか，もう二日したらお祭りですよ，とロバンが言い張った。たとえほんの一瞬に過ぎぬにせよ，盛儀（歌）ミサで彼女に会え

現代版　フラメンカ物語

ますから。
　――そうかい？　とギレム。
　――以前にもお伝えしたとおり，内陣で良い席を占めておれば，彼女は教会の通路を通るときあなたの正面にくるでしょうし，もし神の思し召しで日光が射し込むならば，彼女が隔壁の後ろへと通り過ぎるまで後陣のバラ窓から彼女を照らし出すことでしょう。
　――それでも，……副助祭ニコラが前言を翻するようなことになれば……。
　――何も恐れるには及びません，とベルナルデが口をはさんだ。今朝もこの若者には話をしたのです。彼は了解しています，あなたが彼の傍の椅子の上に，聖職者の衣服を着用して座り，ミサを歌う手伝いをすることを。
　――ベルナルデ，ありがとう。君にもロバンにも感謝するよ。
　――殿，平安が訪れますように，と近習たちは答えた。
　落ち着きを取り戻してから，ギレムは二人に言葉を発した。
　――食卓に就きなさい。君たち！　儂らの善良なギオン夫妻が金曜日の鯉料理をちゃんと作ってくれたか見ようではないか。

　日曜日は望んでいたほどには早くやってこなかったし，それで騎士はいくらか新たなむら気を起こした。なおも教会の周囲を徘徊し，そこにすでに二十回も入り込んだ。といってもそれは跪くためではなくて，苛立たせられることになるかもしれないすべてのことを夢想しながら，悪事の準備をしている泥棒としてだった。
　「そう，儂は泥棒だ……と彼は十字架を見つめながら独り言をいった。儂の望みは合法的に所有している者から，財宝を盗むことではないか？　主よ，私をお許しください，御身の傍で十字架にかけられた

第Ⅲ章　ギレム

二人の泥棒をお許しになられたのですから。彼らの魂はきっと私の魂よりも汚れていたことでしょう……。賢者も『泥棒でも人間だ』と教えていたではありませんか？」

　ギレムはそれからベルピルに会いに出かけた。彼女は彼がミサの折に修道士として頭巾をかぶるように製作した羊毛の美しい毛束でできた頭巾を試着してみるために、彼を待っていた。労力に対して、彼はベルト用の銀のバックルをトランクから取り出して彼女に渡した。この女将は顔色を変えながらも、贈物を受け取り、それから、彼女がお礼の言葉を探そうとしたときには、顔色がヒナゲシみたいに真っ赤になった。当然のことながら、この贈物の装身具を手にするやすぐさま、夫に見せに駆け出した。鏡の前で、ギレムはすでに修道士としての役を演じてみた。儀式の間に違反の現場を差し押さえられることを恐れはしなかった。彼は幼いときから、ミサにはよく出席していたから、詩編の最後までも知り尽くしていたのである。

　寝るとき、彼は塔を眺めた。蠟燭が輝いているように見えたが、ひょっとしてそれは月の照り返しだったかも知れない……。窓を閉じて、眠ろうとした。でも、どうして眠れよう？　朝はそれほど遠くはなかったから、貴婦人"愛"にアドヴァイスしてくれるようお願いしながら、今か今かと朝を待ち焦れないはずがなかった。貴婦人"愛"は聞こえぬふりをした。騎士はそこで、部屋を大股で歩き回りながら、考え始めた。

　「儂は自分の心臓の鼓動にしか注意しないとは、いったいどうなってしまったのか？　儂には何が残されているのか？　心臓は主にして支配者なのだと信じなければならぬのか？　だが、幸運が訪れようが不運が訪れようが、五感はそれぞれがその意志を知るために駆けつけるものだし、そして五感はこうして本部に集められると、外面上は、す

現代版　フラメンカ物語

べてが曖昧になってしまうのだ。善悪からなる愛の歓びが，五感の助けを必要としていること，そして，五感が同じ仕事——心を満足させろ！——に熱心に立ち働いていることに，儂は驚きはしない。」

　こうして，恋する男はあまり見なくなり，あまり話さなくなり，あまり聞かなくなった……。人から叱りつけられても，むろん，何も感じなかった。彼はもはや一つの心臓でしかなかったのだ！　他人の目からは，男の顔色は美しかった！　だが，彼はいたるところが弱っていたのだ。「儂はこんな状態に追いつめられてしまったわい！　あの上の儂の居ない部屋の中の蠟燭の光が，まるで太陽みたいに儂の胸を燃え立たせる必要があるのはどうしてなのか？　愛を発明した者は絞首刑を受けるべし！

　どうして先唱句を唱える時間になると，人は儂に眠気を催させようとするのか？　ヘ理屈は眠りを妨げる悪者だわい」。

　とうとう鐘が鳴った。ギレムは出発した。祭壇の傍に座ったのは彼が一着だった。フードの陰に顔を埋めていたから，誰も彼だと気づくことはできなかった。副助祭のニコラが譜面台の上に福音書を置きにきた。彼であることを納得してもらうように，頭を下げながら，二回それを繰り返した。安心して，ギレムは彼に微笑を送った。ニコラは騎士の目論みを何も知らなかった。彼はギレムがほかの旅人たちがブルボンの温泉のおかげで治癒したことを神にうやうやしく感謝するのと同じく，感謝の祈りをしたがっている，たいそう信心深い人物だとばかり信じていたのである。

　——温泉は良かったですか？　と聖職者はギレムの傍に座りながら尋ねた。

　——ええ……温泉も祈りも。

第Ⅲ章　ギレム

　——ドン・ジュスティヌス神父はあなたの贈物にお喜びです。あなたのお気に召せば，正午のお祈りの後で，おもてなしをするつもりでおられます。あなたのことをもっと知りたがっておられるのです。
　——喜んで参りましょう。私は神父を深く尊敬していますもので。
　二人がおしゃべりしている間に，外陣はいっぱいになった。信者への最後の呼びかけの鐘が鳴った。
　副助祭ニコラはなおもギレムに温泉のことを訊いた。しかし彼は答えずに，目を教会の正面玄関に釘づけにした。「……温泉が……温泉が……——と彼は夢想するのだった——せめて恋患いを治してくれたなら！」信者たちは席に着き続け，もう椅子に空席がなくなって，互いに間隔を詰めていた。とうとう，みんなが入場してから，アルシャンボーが教会の正面玄関をくぐった。それはイノシシをおどす案山子と言ってよかった。彼の髪の毛はもじゃもじゃだし，口ひげはぼさぼさだし，衣服は無秩序で，汚く，よれよれだった。傲慢な態度で会衆に視線を向けた。重い足取りでフラメンカの前を進んでから，立ち止まって，彼が奥に建てさせた一種の独房の中に彼女を通した。ギレムはこの美女に目を向けたまま，シルエットしか見分けられないことを非常に残念がった。彼女がどんなに魅力的にせよ，影は影でしかなかった。足の先から頭のてっぺんまで覆われて，顔を隠したフラメンカの影は，残余の聖務のために隔壁の後ろに消え失せる前に敷石の上を滑って行くようだったと言ってよかろう。ギレムはすっかり絶望して，貴婦人"愛"にお助けください，と嘆願した。すると一瞬，彼にだけしか見えない貴婦人が彼の傍にやってきた。騎士は両唇をきっと結んで食ってかかった。
　——どこにいらしたのです？　井戸の底に投げ落としてから，僕をそこに放置するために，残忍な仕打ちをなさらなくてはならないとは！

現代版　フラメンカ物語

　——殿，大地は広いし，人間は多いのです……。あなたはまだ溺れてなんかいません……。
　——危ないところだったのですよ。
　——ねえ，気を落ち着けて。冷静になって，知恵を働かすのです。そんなに興奮していても，何もなりません。今日もご覧になったでしょうが……。
　——何を見たというのです？　時はあまりにも短く，フラメンカはすっかりくるまれていました……。
　——焼餅やきの監視を欺く方法をお教えしましょう。でも，あなたに雌鳥のローストを差し出すわけにはいきません。
　こんな言葉を残して，貴婦人"愛"はギレムを途方に暮れさせたまま立ち去った。ドン・ジュスティヌスが言った——「私に振りかけ給え（Asperge me）」。騎士は「主よ（Domine）」と続け，唱句全体を朗唱した……。司祭が内陣から出，引き続いて一人の平民が聖水盤を運んだ。司祭はアルシャンボーのほうに進み，みんなの前で彼に祝福を与えた。ギレムとその隣人の副助祭は次の唱句を歌ったが，騎士ギレムは独房のほうを振り向き，開口部を窺った。小扉が動いたとき，そこにまで差し込もうとしていた陽光のおかげで，ギレムはフラメンカの顔の上部と髪の毛をちらっと見かけた。司祭がヤナギハッカの枝で振りかけた聖水を受け取るために，彼女は髪の毛をあらわにしたからだ。一瞬ながら聖なる眺めだった……。騎士の歌声はより清らかになった。この教会において，これほど公正でこれほど澄んだ救済の証（signum salutis）はかつて聞かれたことがなかった。かくも素晴らしい美声に恵まれた，神に愛されし人物は，いったい何者かと各人が自問するのだった。フードを着けていたため，ギレムの特徴を見分けることができなかったのである。ドン・ジュスティヌスは告白の祈り

第Ⅲ章　ギレム

（conditeor「私は告白します」で始まる祈り）のために祭壇に戻った。やがて彼は福音書を読み始めた。結局，開口部が再び開かれ，ギレムの熱いまなざしの下に最愛の人が現われた。彼女はヴェールを鼻まで降ろしたまま，髪の毛のへりに白くて繊細な額，二本のきれいな眉毛，それに二つの大きな黒目を見取れさせたのだった。ギレムは福音書が終わらないことを望んだ……が，日課の読誦は四行しかないルカによる福音書では，新年の読誦みたいなものだったのである。フラメンカは十字を切り，彼は彼女のむき出しの手をチラリと見かけた。小扉は閉じられた。アルシャンボーは獄吏みたいに立ったまま，開口部がしかるべきときに閉ざされるかどうかを監視していた。

　ギレムの心臓は激しく鼓動し，あまりの激しさに，めまいがした。誰も彼が病気だとは想像しなかったし，人びとは彼が深く瞑想しているものと思った。彼がこの状態を脱したのはずっと後にやっと，副助祭が聖体の秘跡の終わりに彼の前に立ち尽くし，口づけするための聖体皿と祈禱書を差し出したときになってからだった。ベンチからベンチへと教会中をニコラはこのように《接吻牌》を信者全員のために持って回るのだった。気を取り直してから，ギレムはフラメンカをもう一度見たいものだと望んで，この聖職者が彼女の隠れ場所に到達するのを待った。開口部が開けられた。彼女はヴェールを下から持ち上げた。彼女の両唇だけが輝いており，急いで小皿と開いた本に接吻した。聖職者が内陣にもどる間，貴婦人"愛"がギレムに接近してきた。

　──満足しなかったの？　と彼女は囁いた。あの真紅の口にはもう出会ったでしょう？　あなたの奥方をこれほどたっぷり眺められると思いはしなかったでしょう？　あなたにお任せするわ。もう何にもがっかりさせられたりないようになさい。

　再び騎士は活力を取り戻した。今度は彼はフラメンカが唇で触れた

ばかりの書物を副助祭から借りたくなった。
　——ニコラ，詩編のどの箇所に《接吻牌》を当てがったの？　と彼は尋ねた。
　聖職者は当日のページを探し出し，指でその唱句を彼に示した。
　——すまないが，もう一度この一節を読ませておくれ。そして，念禱させて欲しい。
　ニコラは間髪を入れずに受け入れた。ギレムは彼の手から本を受け取った。そして，フードの縁の下でその本を見えなくするほどまでに低く身をかがめた。当該ページの匂いをかぎ，幾度も口づけした。世界が手に入ったかのようだった。あまりにも至福でいっぱいになったため，司祭が「去りなさい，ミサは終わった（Ite, missa est）」と宣言したのも聞こえなかったし，アルシャンボーとフラメンカの出て行くのを目で追うこともできなかった。
　気を配って，ニコラは詩編を彼から返してもらい，教会が空くのを待つように頼み，そうすれば，正午の祈りに専念しているドン・ジュスティヌスに話しかけられることを伝えた。ギレムはその時間が長いとも思わずにじっと待った。歓びに捉われていたから，彼は何もいらいらさせられることはなかったのである。
　司祭に迎えられると，騎士は丁重に挨拶し，夜食に招待しながら，こう付け加えた。
　——私がブルボンに滞在している間は，どうか私の陪食者になってくださいまし。
　司祭はしきたりに通じていたし，一緒に楽しんだり，まともな娯楽を好んでもいたから，すぐに二つ返事で快諾し，そこに利点しか見てはいなかった。
　復活祭には，夕食後に，農民たちは踊ったり，ファランドール舞踊

第Ⅲ章　ギレム

をしたりした。今年はトウモロコシを植えて，やがて風が快活な音を立てるのが聞けるという希望があっただけに，彼らは一層歓喜に満ちていた。

　フラメンカは塔から松明が夜の中をうねって行くのを眺めていた。彼女のところまで上がってくるリフレインは，ヌムールのものと同じだった。幼い頃，ロワン川の縁で水が祭の姿を映し出していたのを想起して，目に涙を浮かべていた。彼女は兄弟たちが村人と一緒に跳ねたり，笑ったり，飲んだりしたのを思い出していた。自分を愛していた父が，そうとも知らずに自分を牢獄送りしたのだ，と想像するのだった。二人の小間使いが彼女の袖を引っ張っても，やはり見たがった。窓はとても小さかったから，とても三人で覗くことはできなかった。フラメンカはそこから離れながら，若い召使いたちを牢獄に押し入れたアルシャンボーを呪うのだった。彼女らもどうして踊りに行けないのか？　何も悪いことをしてはいないのに。彼女らはいかなる罰も受ける理由がないはずなのに……。だが，夫の嫉妬は大変なものだったから，彼はもしもアリスとマルグリットを自由にしたりすれば，女主人の使者となりはしまいか，愛人をうまく招きいれるための仲介役をしまいかと恐れていたのである。

　下では，ギレムとドン・ジュスティヌスが果樹園の中を歩いていた。そこではリンゴの木が花を咲かせており，もうすでに桜桃の木が幾千もの小さな緑の球をつけていた。城の周囲の平野はゆったりしていた。二人は長らく歩き，軽やかな夕方や，陽気な歌が耳元に届いてくるにもかかわらず，思慮深い話題を話し合った。騎士はわざと心の悩みについては一言も洩らさなかった。二人の間に生じた調和は打ち明け話にうってつけだったが，ギレムは本心を漏らしてはならなかった。今のところはたいそう感じのよい，善良なキリスト教徒の素振りをする

現代版　フラメンカ物語

ことで満足するのが、彼の唯一の気配りだった。こういうわけで、かなり遅くに、神父に向かってお願いしても、拒絶されたりすることはあり得なかっただろう。

　散歩しながら、二人は堀割の近くにやってきて、大修道院の階段を昇る前にしばらく休憩した。

　夜が迫ってきたので、ドン・ジュスティヌスは夜露を恐れ、戻る必要があった。戸口で神父はギレムに抱擁の挨拶をし、主がお守りくださるようにと祈った。

　宿屋に戻って、ギレムには藪の後ろでくっくっという声が聞こえた。彼は笑いをこらえ切れなかった。この笑いは一瞬若い恋人どうしの感情のほとばしりを断ったが……ほんの一瞬だけだった。彼は見知らぬ二人の恋人が自由に地上ででも愛し合っているのが妬ましかった。「彼らの子供は一月に生まれるのだろう——と彼は想像した——ところが、この儂はこれまで一度でも恋しい奥方に話しかけたことがあっただろうか？」

　宿屋の中庭で、石のベンチに座りながら、ベルナルデは夢想にふけった。そっと音も立てずに近づいて、彼の主人が彼の肩の上に片手を置いたため、彼ははっと、びっくりした。

　——ロバンが君を独りにさせたのかい？　とギレムが訊いた。
　——人びとが踊っている場所まではちょっと彼について行ったのですが、それから、彼が速い輪舞(ギャロップ)に加わり、ひどく楽しみだしたために、私は引き返すことにしたんです。
　——君には、楽しむという心がないのかね？
　——分かりません。独りでいることが心地よいことはありますが。
　——このメランコリーは何に起因しているんだろうか？
　——殿、心配なさらないでください。私は上機嫌ですし、何の悩み

70

第Ⅲ章　ギレム

もありません。空は星々で輝いていましたし，私は黙ってこれらの星を満喫するのを望んだのです。
　——君は近頃何か詩作をしたのかい？
　——殿，ございますよ。この悪癖なしにすますわけにはいきませんからね。
　——大いなるこの美徳を，ベルナルデ，どうして悪癖だなどと呼ぶのかね？
　——この世は私の考えでは，金持ちたちがすべてを支配するようにできています。もし神さまの思し召しだとしたら，最大の美徳を授けておられるのは，所有している人たちか，商売している人たち，金銭が存在理由でもあり快楽原理でもある人たちに対してなのです。詩人はだから，そうでないものだけに関心を持つという悪癖があるのです……関心があるのは，芸術，心(ハート)，自然……なのですから。
　——君はそんなことをちっとも考えちゃいない。儂は知っているんだぞ，君が人間の万事の上に詩を置いていることを。儂も詩を値打ちがあると見なしていることに注目したまえ……。でも，君の皮肉めいた話し方を聞くなら，自分が紋章も地代も欠いた城主であるからには石炭みたいにまっ黒なんだと感ぜざるを得ないじゃないか？
　——殿，何という取り違えを……。どうかお許しください，私ごとき哀れな近習があなたさまを狙いとしていないのに，無礼を犯してしまいました。私は自分を恥じ入っています。この不手際に対して，神さまが四十日間私を罰し給わんことを！　絶対にどうあろうと，あなたさまが向けられて当然の他人を狙った矢を，あなたに向けたものとお取りになるなぞ，私には信じられなかったでしょう。殿，私の目には，母上から生まれた騎士で，あなたさまより尊敬に値する方はおられないことをお分かりください。

現代版　フラメンカ物語

　――君の愛情は存じておるぞ，ベルナルデ。君がこの反省を予期せぬごまかしでうまく装うのを見て面白かったよ。さあ，もう行って部屋の蠟燭に火をつけ，詩を儂に朗読しておくれ。
　ベルナルデが塔に面している窓を開けてから，部屋を照らす間，ギレムは服を脱ぎ，シーツに滑り込んだ。
　――ベルナルデ，聞かせておくれ……。
　トルバドゥールはベッドの足元のスツールに座り，巻き物を解き，喉の通りをよくするために咳払いしてから，読み始めた。
　「愛よ，愛よ！
　　そなたの矢から私を治すため
　　私を助けに飛んでこなければ，
　　夜明けには遅すぎるでしょう。
　　私の心は塔の中にあり
　　私の身体は下にあるのです。
　　愛よ，愛よ！
　　戦闘準備の時を告げたまえ。
　　ただちに私の心身は
　　両方とも奥方の傍を離れます……。
　　そのときには愛よ，
　　そなたのせいで，永久に
　　私は降参です。
　　そなたはもはや私に会うことはありますまい
　　私は下界の
　　別の世界に参ります。
　　そなたが彼方において
　　下におけるほどの力をお持ちかどうか

72

第Ⅲ章　ギレム

　四方で知るために。
　とりわけ，私が彼方から
　戻ってくるなどとは思わないでください……。
　愛よ，そなたは私をあまりに多く滅ぼし，
　　エロス
　しかもあまりに少ししか報いてはくださらなかった。」
　ギレムは立ち上がり，彼を抱擁した
　——君は僕の煩悶をすっかり魅力的に歌い上げてくれた！　どうかこの詩を僕に献じておくれ。すべて憶えることにしよう。貴婦人“愛”が僕を訪れるときには——こんなことは彼女は好き勝手にしかしないが——僕は君の詩作品を彼女の鼻面に叩きつけてやるつもりだ。彼女がどんな顔つきをするか楽しみだ。
　ベルナルデはギレムにノートを差し出すと，ギレムはそれをす早くベッドの頭に置いた。
　——今や，ゆっくり眠れると思うよ。お休み，ベルナルデ。

　貴婦人“愛”はあまり根に持たないで，その夜にも彼にとってはヘスペリデスの園の黄金のリンゴにも匹敵する夢の贈物をした。眠りの中で，彼女は彼を塔の天辺から，閉ざされ見張られた部屋の中へと運んだのだ。彼女は小間使いたちを逃がした。騎士は奥方の傍で跪いた。そして，こうお願いするのだった。
　——お願いです，私を哀れんでください！　世の中に輝くあなたの完璧な美点，あなたの美しさ，あなたの精神，あなたの礼儀正しさ，あなたと一緒に居る魅力，あなたのお人柄について聞こえてきた一切の善，これらに導かれて，私はここあなたの許にやってきました。お望み通りに。
　どうかあなたの私にしてください。ほかの贈物は何も望みませんゆ

現代版　フラメンカ物語

え。あなたにかしずくことは私には十分な報いなのです。私があわてて本心を曝したことを悪く取らないでください。私が厚かましいとしたら，それは誠実な愛が私にあなたを鎮めるよう強いているからなのです。ありがたや。フラメンカが存在すること，あなたが居られることで私が満たされることはありがたい。なにしろ，現世で愛することは，神さまが救いとして人間に授けたもうたもっとも崇高なはからいなのですから。あなたに見え，あなたにしばしば話しかけることができれば，私は今日からあまり饒舌にならずに，ここに居れる自分を十分に満足だと見なすでしょう……でも，考えによる以外には，いつあなたに再会できるか分かりませんゆえ，私は大急ぎで，多くのことをあなたにお願いしないではおれないのです。厚かましい態度をお許しください。恐怖，臆病で私は大胆になっていますが，噂では，あなたは心の寛大な方と聞いていますので，私の恐怖も吹っ飛んだのです。

　フラメンカは彼の両手を取り，起き上がるように促した。ギレムが立ち上がると，彼女は自分の目で彼の目をまじまじと見つめて，微笑しながら尋ねた。

　――あなたはいったいどなたなの？

　騎士は項の先から背骨の底まで，これまで決して覚えたことのない，この上なく心地よい身震いを感じた。自分の目に食い込んできた彼女の目で，彼は無口になり，立ちすくんだ。

　――あなたのお名前を尋ねても気を悪くなさらないでね，とフラメンカは続けた。でも，あなたの前に誰もそんなことを告げてはくれなかったのです。これまでそれほどの睦言も，それに似た言葉さえ，私は耳にしたことがないのです。

　ギレムはじっとして動かなかった。この魅惑する女性はにっこりと微笑み，小鳥みたいに片手を彼の腕に載せて，またもつぶやきかけた。

第Ⅲ章　ギレム

　——あなたはいったいどなたなの？
　ギレムは知性の一部を覆い隠して，深呼吸してから答えた。
　——奥方さま，私はあなたの下僕です。ヌヴェールのギレムと申します。あなたから，あなたの心を奪うための助言を得られようものなら，私は夜が明ける前に死んでしまうでしょう。
　——どんな助言ができるというの，殿……。仮に私があなたを愛したいとしても，あなたは私に何の楽しみも味わえないでしょうし，私もあなたを味わうことはできないでしょう。私のことを高慢な女とは思わないでください。仮に私の意に反して，あなたを幸せにしてあげられないとしても，私がそのことの責任を咎められるべきではないのです。私の意志がどうあれ，私にはもう力がありません。それだから，私を愛さないようにあなたにお願いします。
　——もう毒を飲み込んだ者に向かって，「毒を飲まないの？」とあなたは言えないでしょう……。ギレムは喉の詰まった声で尋ねた。
　——私を愛さないで。そんなことをしても何の益も得られませんわ。愛なぞもう私には存在していないのです。このことこそ，神がこの牢獄で私に為された最大の親切なのです。つまり，貴婦人"愛"はもう私に何も強制することはできないのです。
　——私が愛し欲している奥方さま，あなたと引き換えるためには私は地上の豪華絢爛もサクランボとも思いません。でも，最愛の方よ，あなたは私をしっかりとつなぎ止めてしまわれた。ですから，私の奉仕を拒まれて，私をあなたの臣下にしてくださらないのであれば，私の心臓は夢中のあまり，あなたから生命を手に入れない限り，もはや脈を打つことに同意しはしないでしょう。
　——殿，その屈辱はひど過ぎますわ。私はそれほどの愛情に値しませんが，でも，あなたが誠実で，信義に厚い方と存じます。私の心は

現代版　フラメンカ物語

屈服しますし、私としてはこれほど勇敢で、寛大な一人の騎士が、私に助けられるとしたら、私のために死んでもらいたくはありません。あなたの素敵な優しい情愛に、私は打たれました。だって、甘美な祈願は神でも、聖者たちでも、海や風にも勝利すると言われているではありませんか？　しかも、あなたの祈願はあまりに愛らしくて、私はそれに負けても罪深いとは感じないほどです。私のせいではない残酷さの名にかけて、あなたの誓約を知った今となっては、あなたに助言を与えずじまいにしてはおけますまい。殿、私に再会し、私に話しかけることを望んでおられるのですね？

——最愛の人よ、この世の何にもましてです。あなたからの一語だけで、私は難攻不落の要塞にも打ち勝つでしょう。

——それじゃお聞きくださいな。教会で《接吻牌》を私に差し出す聖職者は、そうすることを知っているのであれば、私に話しかけてもかまわないのです。ただし、毎回一語しか発せませんが。それ以上言うには時間が短かすぎるのです。次のミサの折、彼は黙って待ち、私は彼に一語の返事をします。これがあなたに話しかける手段ですわ、殿。

——で、あなたを見かけるためには？　ギレムは辛抱し切れずに言葉を発した。

——ピエール・ギオンの温泉には時々湯治に出かけます。彼の宿屋は近いですから。タイルの下の土は水をよく通します。ここの部屋の一つから湯治場まで道を掘れないかしら？　私の恋人が私と一緒になるようにさせてくれる道を。

——たとえ花崗岩であろうとも、この地下道を通してみせましょう。安心ください！　とギレムは断言した。

フラメンカはじっと長らく彼を凝視し、髪の毛を解き、下着の紐を

第Ⅲ章　ギレム

引っぱり，騎士に近づき，彼の片手を取り，自分の喉の上に当てた。
　——私の全心からあなたに身を委ねます，と彼女は囁いた。あなたのためなら，私は貴婦人"愛"の責め苦に屈服します。あなたの両腕に，私を抱いてください。
　ギレムは彼女を抱きしめた。そっと唇に接吻した。こうして，貴婦人"露"の時間まで，最愛の人は彼にいとおしげに言葉，まなざし，身振りをふんだんに振り撒いたのだった。

第Ⅳ章　一　語

　貴婦人"愛"が熟睡している男を目覚めさせた。太陽はずっと前から部屋を照らしていたのだが，騎士の甘い夢を終えさせたため，彼はぶつくさ文句を言うのだった。
　――昨夜私に特別のはからいをしてくださりながら，どうしてそんなに早く私からそれを取り上げるのです？　私の目を覚ますのは罪ですよ。
　――あなたは間違いよ……。夢を白日の下で回想するほうがましなのです。鏡を取って，いかにあなたの目が窪んでいるか，あなたの顔色が色褪せているかをご覧なさい。少し空気を入れる必要があります……。鐘が激しく鳴っているのが聞こえませんか，今日は復活祭の月曜日ですよ……。
　――確かにそのとおりです，私は服を着，フードを身に付けなくっちゃ。フラメンカが到着する前に内陣に行って着席する時間ももうほとんどない。
　――彼女が昨晩あなたにしてくれた助言は憶えていますか？
　――忘れられるとでも思っておられるのですか？　聖職者の振る舞いや，彼が私の奥方に《接吻牌》を差し出す時間を観察するつもりです。
　――じゃ，また，と貴婦人"愛"は微笑しながら言った。
　ギレムは忙しかったため，貴婦人が立ち去るのを見過ごしてしまった……。

第Ⅳ章 一 語

　……ニコラは《接吻牌》を差し出す準備をし，騎士は彼に「詩編」の然るべき箇所，第121章7節，「あなたの魂を見守ってくださるように」(Fiat pax in virtute) を勧めた。そして，ダビデがこの詩編を編んだとき，ソロモンが毎日この言葉に口づけするよう命じた。ソロモンがそうしたため，深い平安が続いたのだ，という話をして聞かせた。

　副助祭のニコラはそのとおりすると約束した。ギレムは彼を目で追った。

　ニコラはまずブルボン卿アルシャンボーに接吻用の聖体皿を，それから「詩編」を差し出した。アルシャンボーはすばやくこの勤めをやり終え，副助祭が仕切りの開口部に向かうと，最後にそこが開けられた。フラメンカはヴェールを持ち上げ，彼女の左手の上に差し出された銀製の小皿に接吻した。短い瞬間が経過し，彼女はそれから，右手の上で開けられたままの「詩編」に口づけした。「アーメン」と言うや，小扉は閉ざされた。

　ギレムが今になって分かったのは，最愛の人とミサで言葉を交わしたければ，二回の口づけの間に素早く言葉を耳打ちしなくてはならないということだった。

　前日にもしたように，騎士はニコラが戻るや否や「詩編」を手に入れた。身をかがめて，唇をラテン語の文字に近づけた。彼にはフラメンカの唇の果実を共有するかに思えた。すぐさま，夢の中のイメージが彼の心に浮かんだ。貴婦人"愛"は正当に評価されるべし。このイメージは眠っているときより目覚めているときのほうがはるかに甘美だったのだ。

　かつてこれほど短いと思われたことのなかったミサが終わると，彼は聖具室で司祭と一緒になった。司祭は何よりもまず，運んでこさせ

現代版　フラメンカ物語

た緑色の澄んだ上等のリキュール（アブサン）をどうぞと試飲するよう勧めた。このリキュールを味わうには，ちょうどシーズンだったのだ。それは涼味で口蓋を，蒸気で脳髄を楽しませてくれた。
　——たいそう厳めしい顔つきをしていらっしゃいますな，と神父は騎士に打ち明けた。
　——五月の朔日(ついたち)になって，私は一つの大決心をしたのです。この機会に，この冬神父さまを温かくするような贈物を私からお受け取りいただきたいのですが。
　——私がどうして贈物をお受け取りする必要がありましょう？ あなたの友情だけで私は十分に満足です。
　——つまらぬ物ですが，この贈物で友情をさらに固めたいのです。でも，きっとご入用のはずです。あなたの戸棚は空ですから。
　——やれやれ……いったい何のことで？
　——神父さま，晩餐まで辛抱していただけますか？ ニコラと同じように，私の宿屋までついてきてください。私は彼のために素晴らしい計画があるのです。
　司祭と副助祭は彼の後に従った。近習のロバンとベルナルデがお伴をして，全員はやがてピエール・ギオンの食堂に着いた。
　復活祭の砂糖菓子の蜜を味わう段になって，ギレムは宿屋の主人のためにグラスを上げた。このグラスで飲むのは最後だ，と宣言した。それを主人に提供したからである。
　——このグラスは石榴石がはめ込まれた見事な銀製品でありまして，久しい以前からわが家に伝わったものです。私はこれの飲み方を知っており，いつも美酒で満たしている人に授けるのを喜んでいる次第です。
　宿屋の主人は歓びを爆発させ，お礼の言葉を繰り返し，この世でこ

第Ⅳ章　一　語

れ以上彼を満足させ得るものは何もない，と主張した。
　——焼餅やきをつくらないために，女将(おかみ)さんのベルピルさんには，アジアから送られてきた絹の端ぎれを受け取ってもらいましょう……。ロバン！　私のトランクの中を探しに行っておくれ……。それと，ドン・ジュスティヌスさま用に用意した黒リスの襟つきのマントも持ってきなさい。
　——何でまた，そんなことを？　司祭は感動して訊いた。
　——生涯を変える出来事があれば，友だちに忠誠の痕跡を留める必要があります，とギレムは答えた。私が結んだ誓いが成就されるためには，経済的に援助する必要があります。
　——殿，とドン・ジュスティヌスが叫んだ。お顔に善意が現われているあなたのような高貴な騎士は，客人たちにふんだんに散財するには及びません。彼らからお望みのものを得るためとはいえ。私どもはあなたにすっかりお仕えすることにしているのですから。
　——神父さま……。こんなつまらぬ贈物は，お返しに，何らかの贖宥とか大益とかを獲得する理由にはなりません。けれども，告白しますと，善良な友だちであられるあなたたちから，ぜひともご助力が私には必要なのです。
　ギレムは一瞬黙った。銘々が口を開け，目を丸くしたまま，同じく押し黙った。ベルナルデの視線だけには，悪意の光が少し含まれていた。このトルバドゥールは主人の駆け引きを知悉していたからだ。
　——ご存知のとおり，と騎士は再び続けた。私は一向に治ろうとしない病気に冒されています。神さまだけが寛容にも，それに救済策を講じられます。ですから，私はその救済策になおも近づこうと考えたのです……。ドン・ジュスティヌスさま，私は甥御のニコラさんに代わってミサのお務めをしたいのですが。

現代版　フラメンカ物語

　司祭は話そうとしたのだが、ギレムは手で遮った。彼の目は沈んだようになった。さながら、喉からそれぞれの語を引き出すかのようにして続けた。
　——私は罪を犯したような状態におるのです。かつては剃髪していたこともあります。ブザンソンの……参事会員なものですから。私は頭頂の円形剃髪部分に髪の毛をはやして過ちを犯しました。ですから、名誉を挽回しなければならないのです。神父さま、お願いですから私が話し終えたときには、ハサミを取って、もう一度剃髪していただけませんか？
　ニコラさんなら、ブルボンで得られるようなすべての知識をすでに獲得されていますから、彼はパリにいらっしゃるべきだと思います。パリでは基礎を仕上げたり、学者の傍で研究したりおできになれましょうから。
　ギレムは財布から金貨四マールと銀貨十二枚を取り出した。
　——これで、数カ月間は食事をしたり、宿泊したり、着たりすることができます。すべて使い切ったときには、彼に新たに出金してあげるつもりです。
　若い聖職者は彼の膝もとに身を投げた。司祭は彼の寛大な態度に感謝した。僅かな財産では、とても甥には村の小教区以外の野心を望むことはかなわなかったであろうからだ。
　ベルナルデは日曜日の夜に、ギレムと話し合うことを想像していた。彼が目撃した術策、湯水のごとく気前よく騎士が分配したお金、こうしたことから、ベルナルデは自分が金持ちたちに生意気な態度を取っていることに主人がなぜ気分を悪くしたのか、その理由を理解できたのである。彼はギレムの純愛の意図を知っていたとはいえ、彼が欺くその能力にギレムの気分は害されていたのだった。

第Ⅳ章　一　語

　——儂の逗留を楽しくするためにいろいろ腐心してくれている宿屋の主人ギオンに，今度は申し込むことができるだろうか？　と騎士は自問した。ドン・ジュスティヌスは善良で，先見の明があるから，儂を聖職者に受け入れてくれた。今度は宿屋の主人夫妻に思いやりのある行為を要求する番だわい。

　——殿，と宿屋の主人は答えた。あなたのためなら，私どもで叶えられないような誓いはございません。私どもはあなたさまの貧しい奉公人ですし，何なりとお命じくだされればたいへんに光栄なことです。

　——こんなことを口にするのはひどく失敬なのだが，とギレムは訴えた。でも，私の病気でやむなく，もっと静かで，離れたところに居たいのです……。恥ずかしいけれど，この宿屋でたった独りで暮らさなくてはならないのです。で，お宅は別の家をお持ちではないでしょうか，私の体調がよくなるまで，二人とも隠遁させておけるような所を……。

　——殿，とベルピルが懇願した。そんなことは何の妨げにもなりません。ここに滞在してください，私どもにはブルボンに三軒の家がございます。私どもの大騒ぎがご迷惑なのですから，今晩から，私どもは不格好な大建築物に住むことにします。住んでも十分に満足できるだけのものは備わっておりますから。

　——妻が言うとおりです，とピエール・ギオンは続けた。あそこを急いで整頓する絶好の機会です。ですから，殿，私どもに出て行くようご依頼されたことで，善行を施されたことになります。

　——殿，お望みなれば，出来立てのお食事をお持ちします，とベルピルが付け加えた。

　——ご気配りに感謝します，とギレムは目を湿らせて言った。神さまのご加護がありますように，あの世まで見張ってくださいますよう

に。これほど親切なキリスト教徒をかつて拝見したことがありません。さて，ドン・ジュスティヌスさま，どうかベルピルさんから上等のハサミを拝借して，私の剃髪をしてくださいませ。

　ブロンドの髪の房がカールしたまま地面に落下しだしたとき，これまで騎士の話に黙っていたベルナルデは，喉が締めつけられるのを感じた。涙を見せないようにするため，彼は部屋を離れた。ベルピルは髪の毛を聖遺物として亜麻のスカーフに寄せ集めた。

　――優しきイエスさま，と彼女はぶつぶつ言った。こんな美しい髪の毛を犠牲にするとは実に残念です。剃髪せずに聖職者にはなれないのでしょうか？　これほど素敵な小麦をこんなふうに刈り取るのを嫌がったにもかかわらず，ドン・ジュスティヌスは刈り入れを終えた。

　――殿，副助祭におなりですよ，と司祭は言った。お望みでしたから。でも，依然として領主に変わりはありません。私はお望みのことを致します。命令なら，私よりもご存知なのを承知していますから。

　――そんな言い方はしないでください，とギレムがきっぱりと答えた。私を使い走りの書生として操ってください。さもないと，こういうことは何にもならないでしょう。私は神と神父さまにうやうやしく尽くしたいのです。少しも容赦しないでください！　お祭り，ゲーム，空騒ぎ，そんなものは私に無用です！……晩になって，日中のごまかしの数々によってもっとも儲けたと思う人も，神の御前ではペテン師に過ぎません。その人の貧相振りはヨブのそれよりも痛ましいのです。

　正しい耳が正しい口に傾聴したとき，ギレムははたして自分の言葉を口にしていたのか，それとも貴婦人"愛"が繊細な人びとにこっそりと口述していたのか，もはや分からなかった。司祭がその秘密を握ったとしたなら，彼らを異端者と判断したであろう。ギレムはすぐさまそんな考えを追い払った。自分の純粋な情熱は神の御業ではないか？

第Ⅳ章　一　語

貴婦人"愛"が悪魔の娘であるはずがない……。心の健全な男なら、そんなことを言い張れるだろうか？

　奥方が夢の中で授けてくれた助言に従って、ギレムは来る日も来る日も、守るべき足場を着々と整えていった。

　ロバンはムーランに赴いた。この町で、彼はひとりの農民に気前よく支払って、シャティヨンで四人の石工を雇いに行かせた。彼らは誰に頼まれてブルボンに赴くのかを知ってはいけなかった。彼らは道具を袋の中に隠すように気配りしながら、夜にピエール・ギオンの宿屋に出頭することだけを命じられた。テーブルの上には銀貨マールがたっぷり積まれており、彼らは仕事に取りかかることであろう。作業を終えたときには、彼らは完成した仕事やこれが為された町を誰にも洩らさないことを聖書にかけて誓った後で、やってきたとおりに立ち去ることになろう。もう一握りのマール銀貨で彼らの誓文は封印されるであろう。

　ギレムはといえば、聖務に没頭した。修道服をまとい、聖務日課書に熱中している彼に道で出くわしても、人びとは泥やほこりに気遣うことなく、朝課の鐘が鳴るとわれ先に教会に出向くのだった。彼らはふっかけられた戦争以来、もはや見かけたこともない"パタリーノ派"*のひとりと彼を見なしていたのかもしれない。そんなことには、騎士は一向に気にかけなかった。彼は聖務に専念したし、あまりにも熱心だったために、ドン・ジュスティヌスは何らの非難をすることもできなかった。彼はミサの間であれ、晩課であれ、いつも司祭の身動きに注意を払い、鈴を振って静粛を求めたり、福音書を移動させたり、祭壇の前で香炉を振ったりしたし、まるでやがて聖職者の白眉になら

---

　*　ここでは、カタリ派の人びとを形容するための侮辱的な言葉。（原注）

現代版　フラメンカ物語

なくてはならないとでもいうかのように，答唱を欠かすこともなかった。

　五月朔日（ついたち）の後の第一日曜日に，早くもギレムは聖水のために水と塩を混ぜたり，司祭を目覚めさせたり，祭服の着替えを手伝ったりした。二人は一緒に冒頭の祈りを唱和した。外陣のベンチをすべて整頓し，祭壇に刺繍されたラシャを覆ってから，ドン・ジュスティヌスは彼に鐘を鳴らしに行かせた。もっとも熱心な信者や，毎日畑に出る前にミサに出席することにしている人びとや，やがて主に見（まみ）えることを知って，若い時分よりも主を愛することを考えている老婆が，もうすでにひしめいていた。町民たちは二回目の静粛への呼びかけを守った。子供たち，若者たちはどうするかといえば，司祭が内陣に入る前に到着するのだった。

　アルシャンボー，フラメンカ，そして二人の小間使いが現われたのは，みんなが着席してずいぶん後のことだった。この焼餅やきの男はいつも同じ行動をし，会衆をじろじろ見回すのだった——彼らに，雷を浴びせるような鋭い視線を向けた——，そしてそれから，悲しげな妻の隠れ場を開けたのである。

　ギレムは最愛の人の目を見分けられないのをとても悔しがった。彼女の目を覆っているヴェールがたいそう厚かったのだ。けれども，今日分かったことは，自分の眠りにつきまとって離れないこの美女に接近できるだろうということだった。彼女に一言を洩らそう。まだどれにするか決まってはいない。どれもふさわしいようには思われなかった。その瞬間が近づくにつれて，舌が口蓋にくっつくのではないかと恐れるのだった。自ら鼓舞するために，彼は神が使徒たちに与えた忠告を思い出した——「お前たちが国王の前に出頭するときには，陳述

第Ⅳ章　一　語

のことで心を痛めるには及ばない。話す段になれば，ひとりでに出てくるだろうから」。貴婦人 "愛" も神と同じように振る舞い，女王の前で私を黙らしたりはしないはずだ——と彼は想像した——，もしそうでなければ，もう私は彼女の使徒にはならないし，彼女を二度と信用することはすまい。

　ドン・ジュスティヌスの説教は短かったし，今週中のいかなる行事も告げなかった。だから，聖職者ギレムは，奥方が聞いてくれたかどうかを知るためには，次週を待たねばならなかった。このことは彼にミサの継ぎ穂を失わさせたし，そして司祭の気難しいまなざしがなければ，神羔誦（しんこうしょう）（Agnus Dei「神の子羊」*で始まる祈禱式）を遅れて歌い出したことであろう。歌唱の後で，彼は聖体皿と接吻用の「詩編」を握って《接吻牌》を差し出そうとしたとき，両手の震えを抑えるのに困難を覚えた。彼はアルシャンボーのほうに頭を垂れて向かった。頭を上げることなく彼の傍で一回，小皿と接吻用の「詩編」を差し出した。やり終えるやすぐに，心臓が三人の樵（きこり）みたいに高鳴りながらも，貴婦人 "愛" に助力を乞いつつ，彼は開口部を待った。あまりに動揺していたため，彼はフラメンカの頭に自分の頭を近寄せながら，夢を見ているのか，それとも本当に立っているのかもう分からなかった。はたして，彼女の美しい口が聖体皿に触れるために丸くなったのだろうか？

　——話しかけなさい！　と内なる声がとどろいた。

　「詩編」を差し出しながら，彼は一種のため息とともに，《ああ！》と洩らした。フラメンカの目を見たわけではまったくないが，彼の顔の上に彼女の熱い目を感じたような気がした。彼はそのために，赤く

　＊　「汝世界の罪を取り去る神の子羊よ，我らを憐れめ。」

現代版　フラメンカ物語

なって離れた。みんなのために《接吻牌》を持ち回り，内陣に戻り，それから，フードの中で祈る素振りをしながら，「詩編」の幾度も祝福されたページにわれを忘れて接吻するのだった。

　馬上槍試合で百人の騎士を落馬させ，金貨百マールを獲得したとしても，彼の歓びはこれほど完璧ではなかったであろう。

　彼が恋していなかった時代には，法衣を着，頭を剃り，サンダル履きにまで貧相な姿をしていながら，これほど驚くべき歓びを知ることを想像できたであろうか？　ほかの恋人たちなら絹や，宝石で身を飾り，香水をたっぷりかけて，美女に言い寄るというのに。

第Ⅴ章　言葉のやりとり

　ギレムは温泉場に戻った。お湯を利用した後で，もっとも奥まった片隅に，地下への揚げ戸になりそうな大きな敷石を探した。ここを石工たちがやがて掘り進むことになろう。彼は部屋の中で鼻歌を歌った。独りになって，目を閉じたまま，日曜日に務めた愛のミサの甘美だった有様を繰り返し思い出して悦に入ったのだった。
　——今の私は，神々を裏切ったために，予期しもしなかった悦楽の真ん中に繋ぎとめられたタンタロスみたいだわい，と彼は想像するのだった。最愛の人の間近にいて，彼女を渇望してその場で死ねというのは，責め苦なのか？　彼女が同じ責め苦を受けていることが確かめられたなら，私が受けているこの責め苦はたいしたものではなかろう。二人が同じ恋患いに苦しむことは，もう苦しみには値しないのだ。
　でも……彼女に聞こえただろうか？　もっと力強く「ああ！」とため息をついたとしたら，私に応じる巧みな誘い水となったろうに。
　貴婦人"愛"よ，なぜ私の前に現われてはくださらぬのか？　おお！　私があなたの理由を察してみるに，「今日は私のためにあなたは十分尽くした」からなのだろう。私はあなたに感謝すべきなのだ。
　このことは私をむずむずさせるとはいえ，奥方が私の言葉に心を動かされたかどうかをただちに知るために私は出し惜しみをするつもりはない。彼女は心を動かされたのだろうか？　私の言葉が彼女の耳に届いたとしたら，必ずそうなったと思う。彼女がそれを笑おうが，そのことで涙を流そうが，きっと私にそのあかしを示してくれることだ

現代版　フラメンカ物語

ろう。
　ロバンがドアをノックして，もう遅れているので，ドン・ジュスティヌスと夕食するのを待っていますよ，と言った。
　——今晩は何を食べれるというのだ？　と彼は叫んだ。温泉で僕はぐったりだ。もう眠ることにする。神父にはよろしく伝えておくれ……。愛ですっかり満たされたというのに，どうして食卓に就けよう？
　彼は長々と横たわり，ゆっくり呼吸し，まぶたを閉じた。そしてしばらくすると，教会の中で震えることなく奥方に《接吻牌》を差し出し，彼女の目を見つめ，しっかりと眺め返されるのを感じるのだった。フラメンカは「詩編」ではなくて，彼の唇に接吻し，彼女の手は彼の額，彼の両頬の上をさまよい，さながら彼の顔の記憶をとどめておきたがっているかのようだった……。

　フラメンカは見知らぬ修道士がふと洩らした「ああ！」のことをずっと考えた。彼は美男で背が高かったが，教会で彼女を急襲し，からかうのは，あまり礼儀正しくないと思うのだった。「やっぱり，彼は悩んでいるのか，病んでいるのか，それとも囚われているのかしら？　と彼女はやり切れなかった。うんざりだわ！　と叫びたいのは，この私ではないかしら？　私の今の状態の酷いこと！　それなのに，あの『ああ！』で彼は何を言いたいのか？　私を征服し，私に愛してくれと頼んでいるのかしら？　私の心は枯木同然なのに。愛するだなんて……。私の恋人が名乗るとしたら，困惑，苦痛，骨折，苦悩，嗚咽，悲嘆だわ！　愛するだって？　昼夜私に意地悪く抵抗している焼餅やきのえじきになっているために，私は殺されるに違いないというのに……。神さまが私の言葉を聞き入れられんことを！　愛するだと？　私は夫を本気で愛してきたではないですか。主よ，私が何をしたというのでしょ

第Ⅴ章　言葉のやりとり

う？　お返しに，不幸と隷従を蒙るような，いったい何をしたというのでしょう？」

　彼女はベッドの中でもがいたり，叫んだりしてひどい夜を過ごしたため，朝になって，彼女にスープを運んできたアリスとマルグリット——一晩中眠らずにいた——は，彼女の心配事について尋ねた。

　フラメンカは微笑しようとしたが，引きつったその顔は晴れやかになるには至らなかった。二人の小間使いは悲しんで，押し黙った。そっとベッドから離れて，女主人が心の内を打ち明けるまで時間を費やした。

　フラメンカは起き上がると，顔をたらいの中に浸け，それから，座って髪の毛をとかしてもらった。小間使いたちは指で優しくもつれた髪を解かし，大櫛をとおしてから小櫛を通し，そして，ゆっくりとつや出しに取りかかった……。

　——私は何も隠しごとをしないわ，とフラメンカが口を開いた。あんたらは私の唯一の友だちに間違いないもの。睡眠を邪魔されたわけはこういう次第なのよ。

　——昨日のミサで，聖職者が私を侮辱したの。彼は「詩編」を差し出しながら，語った……。

　——どんなことを？　とマルグリットは待ち切れずに割って入った。私らもごく近くに居たけれど，何も聞こえませんでした。

　——町中が知っているし，彼もよく知っているのよ，私の生活が退屈でしかないこと，私には安らぎが少しもないことを。彼は言ったわ，「ああ！」って。こんなことを言ったのは，私の苦行を私に思い出させるためだわ。この「ああ！」には思いやりなぞなかったんだもの。

　——優しい奥方さま，お誓いをしなくてはなりませんが，とマルグリットが彼女を安心させた。それは侮辱なぞではありません。奥方は

現代版　フラメンカ物語

曲解されています，それは違います。
　——どうして，お前が私よりもそれを分かるのかい？
　——誓って申しますが，戸外のことでも家内のことでも，他人のほうがうまく判断するように思えます，とマルグリットが答えた。
　——あの聖職者は不作法者には見えませんでしたが，とアリスが付け加えた。あれは彼が初めて《接吻牌》を差し出したのです……。ほかの聖職者よりも繊細に見えました……彼の眼差しはもっと深かったし……。しかも，彼が歌ったとき，非常に澄んだ声をしていました。
　——よく観察していたんだね……。アリス，ずいぶん賢くなったわね。
　——奥方さま，ミサでお祈りの最中，ほかにすることがありまして？
　——私の考えでは，とマルグリットが続けた。あの聖職者は紳士です。高貴な奥方——尊敬申し上げております——，奥方は彼の心をとらえられたのです。あなたに話しかけるとしたら，唯一あなたに接近できるこの瞬間を除いてほかにあるでしょうか？　彼はこの冒険に大胆さを逃さなかったのです。あなたを見張ってる案山子（かかし）でも，一人ならずの人を怖がらせますもの。彼の目，彼の心があなたの美しさにとらわれてしまい，彼にこうも大胆な行為をさせることになったのに違いありません。
　——彼は私の目を直視しはしなかったわ！　とフラメンカは突然言い出した。言い分を聞く時機を延ばそうとするかのように。
　——誓って申しますが，とマルグリットが言い返した。奥方さまは額から顎にまで厚いヴェールを降ろしておられたのに，彼は何を見たというのですか？
　——奥方さまが言われようとしているのは，とアリスが微笑した。彼の目が見えるようにするためには，彼は頭を上げることもできただ

第Ⅴ章　言葉のやりとり

ろうに，ということなのよ。

　——アリス，お前は今朝はよく舌が回るわね……。ああ！　お前たち二人の言葉がほんとうを語っていることを神さまにお願いするわ，とフラメンカはため息をついてから，少し沈黙し，再び繰り返した，そう……本当のことを……。

　彼女はスツールを離れて，狭い窓のほうに向かった。牧場や，トウモロコシや，遠くの森を見渡してから，屋根瓦に視線をもどした。家々の間の温泉の上を燕たちが弧を描いていた。街路では，パンの窯の近くで老婆たちが籠から盗もうとする四人のちんぴらを棒で追い払っていた。川に影を投げかけている葉の繁ったオークの木の下では，製粉機の輪が回転していた。

　——ここからはブルボンがよく見えるね，とフラメンカは皮肉を言った。でも，私の部屋を妬む人は誰もいないわ。

　——奥方さま，あの聖職者に返事をすることにしましょうよ，とマルグリットがせき立てた。

　——いいかい，ずいぶん日にちがかかるわよ。

　小間使いたちはそこまでで止めてはおかなかった。愛が家の中に入るときには，養分に富んでいるから，食事のたびに大いに楽しめるものなのだ。無尽蔵の神饌(マナ)なのだ！　前途洋々たる時間を誤ってなくす理由はない。

　——奥方さま，あなたにもたらされた愛をまだ疑われるのですか？　あなたにそれほど愛らしい男の人を振り向けた胸の高まりを，まさか無視することはおできにならないでしょう？

　——たとえ彼の名をご存知なくとも，彼が返事を得られなければ，貴婦人"慇懃"は立腹されるでしょうよ。

　——急いで行動するには及びません。来週の日曜日にまずい言葉を

現代版　フラメンカ物語

漏らして，後であまり熟考しなかったのを悔いることをしてはいけません。
　——みんな一緒になって考えるとすれば，三人居ても多過ぎではありません。仕事は厄介なことなのですもの。
　——ああ！　お黙り！……下品なカササギたちだこと！　とフラメンカが反抗した。もし私があんたらに屈しなければ，あんたらの執拗な攻撃で私は殴り殺されたかもしれない！　第一，女性たる者は雑作もなく自分の感情を漏らしてはいけないのよ。何を隠し，何を示すかを天秤にかける必要がある。自らの意図を決して漏らさず，絶望させながらも希望させておく……というのが，薬剤師の腕の見せどころなのよ。
　——奥方さま，このゲームは私どもよりあなたのほうがよくご存知です。でも，それにあまり尻込みしないでください。神さまと愛神があなたをこの塔から出すために彼を遣わされたのです。あなたが熱心にやらなければ，だれがあなたに同情するというのです？
　——いいかい，私が自分の心のひだを掘り返し，あの聖職者が一，二カ月かけて……少しずつ自分の心を発見し，ひと繋ぎの言葉が完成するときには，もし私が愛しておれば，きっと彼と一緒になるだろうし，私の心は彼の意志に従うでしょう。女性というものは，愛してくれる人と欺そうとしている者とを見分けなくてはならないのよ。心底愛されているのが分かればすぐにも，何としてでも最愛の人に身を任せられるわ。
　くるくる変わる女性はあさましい！　そんな女は男に不向きなのだ！　そういう女は男を酷いめにあわせるし，男がぺてん師でなかったとしても，苦しみからぺてん師となる。
　アリスとマルグリットは絨毯の上で，フラメンカの傍に座っていた。

第Ⅴ章　言葉のやりとり

　そして，女主人が心の内を曝すのを熱心に聞いた。どんな恋人でもこれほどの秘密の告白を彼女の口から聞けないだろうことが，よく分かった。「そもそも男たちはこういう秘密をどうするのだろう」，とマルグリットは思うのだった。「彼らの道は私たちのそれよりも不規則ではないのだし。私たちには大股で真っ直ぐに行く力も欲望もない。女たちは愛の回り道を好み，そしてふさわしく見えるときになると，それに屈する。でも，彼女らは愛するときになっても，恋人にすべての愛情を与えなければ，じらして，恋人を苦しませるために彼が望む快楽を遅らせ，ますますそれを求めさせようとするのであれば……，恋人はきっと彼女らを毒蛇，龍，その他の怪物として扱うことになろうし，こういうことは当然なのだ！　恋人が立ち去っても，彼女らは当然の報いを受けただけなのだ！」

　あの「ああ！」は，シャツの下の動悸，被り物の下の羽音だったのか？　奥方の問題は小間使いたちの問題でもある。

　アリスはずる賢くも立ち上がり，女主人の回りを一周してから，まるで天の恩寵が振りかかったかのように立ち止まり，厳かにこう宣言した。

　──奥方さま，キリストにかけて，あの聖職者に為すべき答えを申し上げます。「ああ！」と彼はうめいたのです。「どうされたの？」とおっしゃいなさい。

　──それが良さそうだわ，とフラメンカが打ち明けた。言葉が口の先まで出かかっていたの，「何を嘆いていらっしゃるの？」ってね。でも，これでは言葉が多すぎるし，時間は短かすぎるでしょう。「どうされたの？」が気にいったわ。これなら，彼に注意を払いながらも，あまり度を越さないことになるし。ありがとう，アリス……。

現代版　フラメンカ物語

＊＊

　フラメンカは「詩編」に口づけするために身をかがめた。彼女は片手で巧みにそれを傾けて，唇の動きを覆い隠した。小さいながらはっきりした声で，「どうされたの？」と質問した。ギレムはほんの一瞬遅れて，「詩編」を受け取った。彼女はその間に，うまく彼のきれいな容貌を堪能した……。
　お互いにへばってしまい，心は失神状態だった。フラメンカは恐怖をものともしないで，果敢にも話しかけ，美しい聖職者をしげしげと見つめ，彼に誘惑されてしまったのだった。
　貴婦人"愛"は彼女の塔の中で幟(のぼり)を揚げることもできたであろう。この試合では，二人の感謝している奴隷を意のままに従わせたのだ。でも，あまりに早く喜びを表わせば，満悦を破る危険を冒すことになったであろう。愛は自らの姿を現わすことなく，宿屋から塔へと移動して，醸成されつつあることを調べたがったのである。

　ギレムとしては，自分の目が屈服して，閉じ，フラメンカが待ち望んでいる睡眠に到達することを望んだであろうが，彼の目は彼に文句をつけたのだった。
　──殿，今朝私たちがあなたに見とれさせるようにしたことに対して，私たちに感謝をなされましたか？　しかも，私たちはあの奥方が「詩編」を持ち上げて口づけするところを照らし出すことまでしたのですよ。あなたを喜ばせるために用いたこの策略よりも優れた，あなたへの心づかいの印が，はたして存在するでしょうか？
　──優れた印だと？　と耳たちがもちろん，否！　と横柄にも介入した。「どうされたの？」をあなたに聞かせたのはこの私たちなのです

第Ⅴ章　言葉のやりとり

ぞ。これだけでも大変な値打ちがある!
　——何だと! と目たちが憤慨して言った。目が注がれるところに愛は生じることをよく知っていたのである。声を聞いたからとて，人は愛に屈したりはしないが，まなざしは運命を変えることもありうるのだ……。
　——何を言う! と心が口出しした。あんたたちは私に衝撃を与えるために互いに群がっているんだ。そして，私が病気に襲われているときにも，薬を持ってきたりはしない。あんたたちはただ病いをかき立てているばかりではないか!……
　——キリストの血にかけて，何の苦情を言うのです? と口が怒りのあまりたしなめた。私たちはあなたにできる限り仕えてきたのです。いろいろのことを吟味したり，試したり，考えたりしたのは私たちのためではありません。判断はあなた次第ですが。あなたが間違いを犯しているのに，私たちを攻撃なさってはいけません!
　——ねえ，おまえたち，お願いだから，と心が言い返した。あんたらはまるであんたらのおかげで戦闘に勝利できたとでもいうかのように，私らの主人に追従しているのを目にしたよ。でも，かっかしないで，へりくだりなさい。親愛な耳たち，あんたたちはモンタルディの騎士が隼狩りの日に私たちにしてくれた話を想起すべきだろうよ。二年以上もの間，彼は見映えのよい，若くてふさわしい善良な神の被造物たる，一人の貴婦人を愛した。彼は彼女から愛してもらうのに必要な一切のことをした。彼の寵愛は非の打ちどころがなかった。面と向かって彼に人が期待させてきた愛のしるしが長い時間を経てから，進展したことに勇気づけられて，彼はお返しに愛してくれているかどうかを貴婦人に尋ねた。
　「『あなたは私を愛してなぞいません』，と彼女は彼に一杯食わせた。

現代版　フラメンカ物語

『あなたは何にも得はしないでしょう！』——『じゃ，あなたは僕を全然愛してくれるつもりもないのですか？』と彼が繰り返した——『そんなこと，まったく知るものですか』，と彼女は答えた。」

　その場に立ち会った貴婦人"愛"はとまどった……。彼女はこの話を自分にとってあまり不名誉なこととは見なさなかった。続きを聞かないほうがましだと思い，彼女は塔のほうへ飛び去った。

　——貴婦人"愛"はモンタルディ卿に何を勧めたと思うかね？　と心が続けた。彼女はこう言ったのだよ。

　——彼女の気に入るように努めなさい，彼女は「そんなこと，まったく知るものですか」と答えたのだから。彼女はあなたを愛するでしょう。私が手助けしましょう。辛抱しなさい……。我慢強い紳士の騎士は，一年中，贈物や追従の限りを尽くしたのだった……。

　——それでも，何も得られなかったんだ！　と目，口，耳は結末を知って，一斉に叫んだ。

　——貴婦人"愛"はいつも確かとは限らないのです，と心が主張した。私としても，あんたらの話を聞いて，先んじて愚かにも喜ぶようなことをしたくはないのです。私が苦悶と苦悩に陥る瞬間に，あんたらは安心して休息しなさい。もしフラメンカが答えなかったなら，私は彼女を耳が聞こえないか，傲慢すぎると見なすでしょう。でも，「どうされました？」は彼女が恋するようなことを引き起こしはしないし，愛に彼女が誘惑されるようなことにもなりはしません……。さあ，あんたらはみな眠りなさい。私は女主人に秘密を打ち明けてもらわねばならないのです。

　高い塔の中で，貴婦人"愛"はフラメンカとその小間使いたちのゲームにこれまで以上に満足していた。この女主人は先週の日曜日のギレムと同じくらいに不安になって，はたして聖職者に聞いてもらえたか

第Ⅴ章　言葉のやりとり

どうかを知りたがったのである。
　——さあ，私の前に座りなさい，と彼女はアリスに命じた。マルグリットには，『ブランシュフルール物語』を持ってこさせた……。これを「詩編」として役立てることにしたのだ。アリス，あんたは司祭になりなさい。私に《接吻牌》を差し出す素振りをしなさい。
　アリスがあまりにも面白そうに聖職者をまねたために，フラメンカは笑いをこらえきれなかった。小間使いたちが閉じ込められたとき以来，女主人が上機嫌で笑うのを見たのはこれが最初だった。突如，この場所にも生気が戻ったように見えた。
　——笑いが鎮まるや否や，フラメンカは，「茶番をよして，やり直しましょう」，と頼んだ。
　アリスがまじめな態度になり，書物を差し出す。すると，奥方は少しうつむき，教会におけるのと同じ声でかすかに言うのだった，「どうされたの？」
　マルグリットは二歩しか離れていなかった。彼女は耳を傾けたが，何も聞こえなかった。
　——じゃ，あんた，アリスは？　と女主人が尋ねた。
　——奥方さま，私にはよく聞こえました。
　——少なくとも，あんたは確かなの？
　——ええ，確かに。
　——でも，それはひょっとしてあんたが口先で読んだのかもよ，とマルグリットがコメントした。
　——あんたという人は何ともうまく立ち回るわね，マルグリット……。今朝私が身につけて行ったヴェールを取ってください。もう一度繰り返しましょう。銘々が持ち場に就き，《接吻牌》の場面を再演した。
　——うまく行った？

現代版　フラメンカ物語

　――すべてきちんと行きましたわ，とアリスが答えた。
　――私を喜ばせようとして，騙さないでよ……。そこから生じる病気はもっとひどくなるだろうから……。
　――奥方さま，私があなたを裏切ったことがありまして？　あなたに嘘をついたことなぞあったでしょうか？
　フラメンカはアリスを胸に抱きしめた。マルグリットはこの愛情のあかしを妬ましがったので，フラメンカは彼女にも近づきの印をして，同じく彼女をも抱擁した。
　貴婦人"愛"はと言えば，肉体も血液もないので，水晶のような涙をこぼさせた。
　楽しみはあまり続かなかった。アルシャンボーがドアをとんとんと叩いた。彼はフラメンカに一緒に夕食を取ることを望んだ。
　――もう遅いですし，奥方さまは疲れておられます，とマルグリットは女主人の命令通りに答えた。ベッドで休んでおられます。
　――眠たげな振りをするのは間違っている，とアルシャンボーが不平をこぼした。別に彼女の髪の毛を引っ張るつもりはない。こんな上等の食事はきっと満足がゆくはずなのに。
　重い足取りで，彼は再び降りながら，つぶやいた。
　――せっかく好意を持ってこんな上にまで親切にも昇ってきたのに，打ちしおれて引き返すとは，馬鹿なこったわい。女どものご機嫌取りをするためには，これを最後に，いったいどうすべきなのか？　野蛮で，残忍な態度をすれば嫌われるし，おとなしくすれば馬鹿にしやがる！　地獄へ通じるかに思われる階段で何回となく振り返りながら，彼は夕食の計画や，月光の下での散歩や，最後によき夫の愛撫の計画も，すべて安っぽいものでしかないと思うのだった。気分を和らげるためにはこういう計画をもっと立てることだ……と独り言をいった。

第V章　言葉のやりとり

　だが，どうして僕は不安にしかならないようなことに，立ち返る必要があるのだろうか？　今日は空があまりにも重たくなっていて，僕をこんなふうに柔弱にならせたのに違いない。
　ローストのハトを前に食卓につくと，彼はたったひとりのままで長く居たりはしなかった。一人の貴婦人が何も食べはしなかったが，彼の傍に着席して多弁だった。その名は貴婦人〝嫉妬〟だった。彼女に立ち退くよう頼んでも無駄だった。行くか来るかを決定するのは彼女だけだったのだ。アルシャンボーはしばらく，彼女が激しく非難するのを聞くのだった。
　――あなたから逃げるとでも思っておられるのですか？　と彼は応じた。そうするかもしれませんが，でも妻も私から逃げるでしょう。
　――奥さんは抑えつけておきなさい！　あなたはご主人でしょうが。今日は奥さんを取られたのですか？　何か変わったことでもあったのですか？　と貴婦人〝嫉妬〟はくどくどと言った。
　――僕は冷たい石に幾度も飽きるほど接吻しました。あなたの忠告に従うと，この石を温めるために病気になってしまいます。
　――その石があなたのせいで熱くなるとしたら，色事師たちには焼けどしそうになることでしょうよ！
　こういう不実な言葉で，彼の頭も心も損なわれてしまった。アルシャンボーは運ばれてきた新たな料理を見捨てたまま，食卓を離れ，見張り役と一緒に城壁の上の巡視路の警備に出かけた。貴婦人〝嫉妬〟は仕事をなし終えたので，彼の後を追いかけはしなかった。

　糸車が速く回転する日々もあれば，糸巻き棒が糸を紡ごうとしないこともあったが，ギレムにはその理由が分からなかった。ただし，彼には一週間ずっと変わったことが何もないように思われた。ドン・ジュ

現代版　フラメンカ物語

スティヌスは彼が熱心に奉仕してくれるのを見ていた。信者たちは彼を褒めそやしたし，教会もこれほどきちんと整備されたことはなかったし，ミサもこれほど順序よく進行したことはなかった。信者たちはこの聖職者のことは何も知らなかったが，彼らには親しくなっていたし，彼らの尊敬はいやますばかりだった。

　貴婦人“愛”はそうしたければ，騎士に対して，「短い日は彼が愛されていると思う日，長い日は彼が疑う日」だということを打ち明けることもできたであろう。そんなことを見分けられなくなるようにするために，情念が理性を窒息させたのに違いない。信者たちにはギレムと同じだけの知識も明敏さも備わっていたのだから。

　日曜日が雷光みたいに次々と去って行くためには，毎秒彼はこう考えるだけでよかったであろう——フラメンカは恋している，彼女は頑として放棄はしまい，彼女は自分にそのことを告白してくれるだろうし，二人を一緒にしてくれる道を見つけるために彼に任せてくれるだろう，と。冒険のこの瞬間に，こんなことを大胆にも考えたりすれば，狂人にならずにはおれないであろう。

　騎士が最愛の人に《接吻牌》を差し出すのは，三回目だった。彼は彼女が聖体皿に口づけするのを見つめ，一語を囁きかける準備をした……。彼女が「詩編」を受け取り，彼は近寄り，「死にます」と言った。懸命に注視したのだが，ヴェールの下にはいかなるおののきも，いかなるため息も認められはしなかった。彼はいつものように仕事をやり続けたのだが，前夜以上の希望があったわけではなかった。

　ベンチに戻り，歌唱の先導をする前に，彼はフードの下で「詩編」の匂いを嗅ぎ，さすった。この隠れた儀式は彼にとって，ミサでもっとも神聖なものだったのだ。彼の神への信仰が“愛”への信仰と同じくらい満ちあふれていたとしたら，天国はもう彼に約束されていたで

第Ⅴ章　言葉のやりとり

あろう。
　三対の目が，彼が祭壇の周囲で，跪拝したり，十字を切ったりするそれぞれの身のこなし方，身の動かし方を一つとして見逃すことなく，凝視していた。
　──香炉から放たれた青い煙の中を，天使が天に昇っていくみたいな気がするわ，とアリスがマルグリットの耳元で囁いた。二人の小間使いの心臓は，奥方のそれと同様に動悸を打っていたのだが，同じだけ深く焼け焦げたわけではなかった。この興奮は愛という同じ物差しでは測られなかったのである。

　アルシャンボーには奇異に思えたことなのだが，以前には彼女が城の塔に，ミサの後でできるだけ遅れて戻るようにしていた──小姓たちとか小間使いといつも何かの話があったのだと口実を見つけて──はずなのに，今日の彼女は人から要求される前に，自分から（鍵を二度回して）厳重に戸締りのうえ閉じこもってしまった。
　彼女が前の日曜日にしようとしたときもそうだったように，彼は階段の一段目で彼女を引き止めたのだった。
　──ねえ，お前，どこへ駆けて行くつもりなのかい？　と訊いた。三週間前から，誰かがお前の部屋でお前を待っているみたいだが……。毎日儂が自分でお前を訪ねて，そうではないと確かめなくては，疑わずにおれなくなるんだ。
　──いいえ，私はベッドのことしか考えていませんわ，と彼女は答えた。ご覧のとおり，私の肌色は大変蒼ざめています。私のやつれは日ましにひどくなっているのです。
　──お前はあまり食べないから，力が無くなっているんだ。儂と晩餐でも取れば，ご馳走や少々のワインでお前の血液も温まるだろうよ。

現代版　フラメンカ物語

　――いえ，いえ……と彼女は答えた。私はすぐに横たわらなくっちゃ。
　フラメンカは自分だけが聞いたことを小間使いたちに語りに行きたくて，夫の礼儀正しいやり方にもまったく注意を払わなかった。夫は彼女の片手を掴んで，熱を計ろうとした。
　――私に触らないで，と彼女はぶっきらぼうに言った。あなたの手はほかのすべての物と同じように汚れていますから。
　アルシャンボーは感情を害して，邪険になった。彼女の手首を締めつけた。
　――私が望むときだけ，一緒に食事をするようにしてくださいな！　そうしたら，こんな反抗的態度は改められましょう！
　――お前がそうしたければ，儂を食卓に引っ張りだすがよい，でも儂は食べないぞ。
　彼女が反抗するのを見て，夫はこの会話をうまく収めたくなり，怒りをできるだけ抑えた。
　――ねえ，お前。もっと優しい態度を示してくれよ……。儂も手を洗うことにするから，一緒に夕食を取っておくれ。これはお前にも最高の幸せになるだろうよ。
　――私の置かれている状態では，休息だけが私の助けになるの。ほかのことは何もかも我慢がならないのです。
　――必要ないのなら，とアルシャンボーは愛想のいい顔をしようとしながら，何らの手練手管も働かさずに言葉を続けた。お前はすべてのことに飽きたのだから，もう日曜日にミサに行かないことにしよう。司祭にお前の部屋に会いにやってきてもらおう。
　フラメンカの唇は震えだした。罠に捕らえられたように思ったからだ。さてはアルシャンボーは何かを見るか聞くかしたのか？　彼に疑念がわいたのか？　自分の困惑を見せまいと努めながら，彼女は夫を

第Ⅴ章　言葉のやりとり

おじけづかせないように僅かに作り笑いをした。でも，尻っ尾をつかまれまいと心に決めて，彼女はあくまでも拒否を押し通すのだった。
　——ねえ，あなた。教会は私が安らぎを覚える唯一の場所なのです。半分以上死にかかっていたとしても，私は教会へ祈りに行くためなら起き上がるつもりです。さあ，私をこの部屋の中で立ち上がらせてくださいな。
　アルシャンボーは当惑して，ぶつぶつ不平を言いながら，髭をひっかき，床に唾を吐いた。
　——勝手にしろ！　雌山羊でもお前より強情なのはいないわい！　フラメンカは夫が考え直すのを待たずに，独りで階段を駆け上がり，夫を不機嫌な状態に放置したのだった。

　フラメンカの小間使いたちは，襟首から逃れて穴ぐらに入った飼い兎みたいに，恐怖で目を呆然と丸めたまま息切れしている彼女を見て，座らせながら，水を飲ませた。小間使いたちは好奇心でいっぱいだったのだが，奥方が混乱から立ち直らないうちにあえて質問することはしなかった。
　——何が起きたのかしら？……なぜ夫はあんな行動をしたのかしら？　とフラメンカはぶつぶつ言いながら，アリスとマルグリットに聞こえるように声を高めた。あんたたち，アルシャンボー卿の振る舞いに注意を払っていましたか？　三回の日曜日以来，あの人は私に対してひどく上品で，ひどく親切になったように見えるわ。でも，あの人は何一つ良いことを企てはしないし，彼のご機嫌取りな態度は危険の予告なのよ。ねえ，お聞き。あの人はこう言ったの，「お前はすべてのことに飽きたのだから，わざわざミサに出かけるには及ばない。司祭にお前の部屋にやってきてもらおう」って。

現代版　フラメンカ物語

――まさか？　アリスは鼻を額にまで反り返らせて，声を発した。
――神の称えられんことを。私は夫が異議を唱えられない返事をすることもできたのだけど，その場で，絶望を覚え，気づまりになってしまったの。私に誘ってくれた夕食を避けるためにね。お前たち，いいですか，私らは用心していなければならないのよ。あの卑劣な焼餅やきは計算づくで行動しないとも限らないのだから。
――まあ！……とマルグリットが叫んだ。あの人は奥方さまを取り戻そうとしているのかしら。
三人とも口に手をかざして，あまりはしゃぎ過ぎないようにした。
――奥方さまへの信義にかけて申しますが，私どもにもっと良い報せを告げてくださるべきではありませんか，私どもの助言を受け入れられたのですから……，とマルグリットが続けた。今朝，あの聖職者が言ったのはどんな言葉だったのです？
フラメンカは目を輝かしながらも，それを明かすのをじらした。小間使いたちは奥方が歓びだけをもたらすことを表情から悟ったのだが，今度は，彼女らとしても発せられた言葉を噛みしめたかったのである。
――「死にます」，と言ったわ。
――「死にます」だって？　とマルグリットは繰り返しながら目を閉じた。
――あの聖職者当人より他人のほうがよく見通せないとでも？　とアリスは面白がった。彼が何で死ぬのかその理由が分からないとしたら，私たちはたいそう鈍くて，彼にはふさわしくないことになるわ。
――私らは占い師じゃないわよ，とフラメンカが明言した。彼のために考えてあげられはしないわ。
――憚りながら，奥方さま，とマルグリットは続けて言った。私たちの承知していることを尋ねるために，もう二回もの日曜日を空費す

第Ⅴ章　言葉のやりとり

る必要がはたしてあるのでしょうか？

　——何を急いているの，お前！……あの聖職者が話しかけているのは絶対にお前に対してなのだ，とでも言うつもり？

　——お許しください，奥方さま。私は口をつぐむべきでした……でも，私の舌は私の心に従っていますし，奥方さまがそれほどの幸せに近づいておられるのがうれしいのです……。私は我慢ができないのです……。

　——すまないわね，マルグリット。お前の心遣い，お前の友情やアリスの友情がなければ，私はこの塔の中でどうなっていたことやら？でもあんたたち二人とも，私ひとりに顔，目，口を差し向けている一人の男を，そんなに近くで，そんなに熱心に，どうして眺めていたりしていたの？

　——奥方さま，彼は美男子でした，とアリスが言った。彼に目を向けたすべての女性の視線は針づけになるに違いありません。彼の振る舞い，上品さ，あの声，あの祈り方……あの人柄すべてにはかりしれない価値があり，女性たちは教会の中でそれしか見ていません。彼を愛さない人びとしか引き止めておかないとしたら，世間の大多数を殺さねばならなくなるでしょうし，きっとそういう人は見つからないでしょう。

　——あの聖職者が奥方さまのことしか考えていないと知るのは，とアリスが弁護した。あまりにも至福の極みですから，私たちの小さな満足を屑みたいに見なすことだっておできなのではありませんこと？

　フラメンカはマルグリットの心の叫びを誤解したことを後悔した。彼女は想像するのだった——奥方であっても，これほど忠実でいてくれ，自分同様にラテン語も読める聡明な小間使いたち（しかも彼女らが与える善意のいかなる利益も，ほかの腹黒い女たちのように，望ん

現代版　フラメンカ物語

だりはしない）に助けられる幸運に恵まれた者は少ないであろう，と。
　フラメンカは彼女らの間に陽気さを回復しようと望んで，古歌の音楽でハミングするのだった。
　——「ああ！……どうされたの？……死にます……何で？」
　——「恋で……」とアリスとマルグリットは一緒に唱和した。
　——彼がそう言うと確信しているの？　とフラメンカが尋ねた。
　——それに賭けてみたくはありませんか，奥方さま？　とアリスが提案した。
　——いや，とても……。彼自身で歌うまでは，こんな歌を信じたりしないわ。
　——それじゃ，今日の奥方さまの心はどちらを向いているのですか？
　フラメンカは自分自身の感情について判断を下すのにはまだ早すぎるわ，と答えた。彼女は燃えるほど恋していたのだが，週ごとに織り成される紐がしっかりと締まって，彼女が最愛の人からもう決してほどけなくなる前には，悪魔でさえ自分をそんなことに強制したりはしないはずだ。
　ギレムはますます孤独になっていった。彼が会話を楽しみにしていた敬愛すべき近習たちは，ごく短い間しか彼と語れないことに心を痛めていた。騎士が閉じ籠もっている間，彼らはトランプやさいころ遊びをしても，結局は飽きてしまうのだった。ベルナルデは主人からもう思いを打ち明けてもらえないために，武勲や，仕事や，行動や，希望や，毎日の苦労に美しい彩色をして，書きためているゴシップを続けることができなかった。出だしを主人に負うていた恋愛叙事詩を続けられなくて，いささか苦痛だったのだ……。だから，今週の日曜日に，主人から呼び出されると，部屋へと駆けつけたのである。
　——ねえ，ベルナルデ，今朝までにフラメンカと僕との間で交わさ

第Ⅴ章　言葉のやりとり

れたのは,「ああ！　どうされたの？　死にます」だけだ。
　——殿, まさしく奥方の心を捉えていらっしゃいますよ……, とトルバドゥールは楽しげに答えた。
　——いや, 僕は君ほど確信してはいない……。恋の炎が僕を燃え上がらせることもなく, 僕を焼き尽くしているんだ。僕が彼女に「死にます」と告白したのは, 本当なのさ。僕はひとりで恋し, ひとりで死んでいくのだ。貴婦人"愛"がこの死の犯人さ。狂人は自殺するものだが, 狂人の手にナイフを持たせる者は犯罪者だよ。
　——まるでアイネイアスがディドー〔カルタゴの女王〕を突き刺さずに死なせたみたいですね, とベルナルデが微笑した。
　——確かに。僕の心はおとり(ルアー)が目の前にちらつくや否や吸いつく鯉みたいに, 愚かにも罠を飲み込んだのだ。
　——フラメンカはルアーなんぞじゃありませんよ, 殿。私が思ったとおり, 彼女をご覧になってみると, 私が以前に描写したように彼女は美人だった。今日, 殿が彼女に話されると, 彼女は「どうされたの？」と答えた。もし彼女が殿に愛情を抱いていなかったとしたなら, 口を閉じたままだったでしょう。その悲しみのマスクは外してください, きっと殿の問題はうまく進みますから。閉じ籠もらないでください。近習たちと一緒に夕食をお取りになってください。この宿屋はそっくり私たちで占有しているのですから。
　——いや, 僕はつきあいは避けたい……。みんなから離れて, 彼女の傍で夢に耽ることでしか良い気分になれないんだ。
　——殿, 恋は衰弱するよう命じたりはしません。尊敬しつつも, 殿の腕を取らせてください。やがてこのメランコリーを取り除きたくなるようにして見せますから。
　——ねえ, ベルナルデ, とギレムは廊下を彼に従いながら, 言うの

現代版　フラメンカ物語

だった。用心するのだぞ。いつか君の目が美女に魅せられようとも，君の体をしっかり支配して，君の心をそんなものにかかわらせないよう命じることだ。さもないと燠(おき)の上を歩む苦行者みたいに，一歩ごとに飛び上がらせられるぞ。儂の運命はそれなんだ。

——教訓は記憶に留めておきます，とトルバドゥールは譲歩した。でも燠は足を焼くにしても，甘美な温泉に直行させてくれるし，そこに飛び込めば，足は浄化されるために，ただちに治ります。

——その占いを受け入れよう……。君はトルバドゥールの仕事をわきまえているし，どの寓話でも素敵な結末を見るように助けが求められていることも知っている。

ロバンが彼らの話を聞きつけてやってきて，好ましい色合いのブルゴーニュ・ワインで三杯分を急いで満たした。

——乾杯，ご機嫌うるわしゅう，とギレムが食堂に入るや否や，近習は叫びながら，飲むように勧めた。

——マントルピースの中のこの雌鶏をご覧ください。やがて金色になりますよ，とロバンが続けた。女将ベルピルが大急ぎで運んでくれたこの籠の中には，殿のために今朝もいだクロイチゴとスノキの実が載っています。

——ありがとう，ロバン，でも，何を祝おうというのかい？　と騎士が訊いた。

——石工たちが到着します。今晩やってくると知らされたのです。月は出ておりません。彼は一回ノックし，それから，二回続けてノックすることになっています。

ギレムはうんざりだという目をして，ベルナルデのほうを向いた。

——やはり，温泉まで道を掘る必要はあるかね？

——殿，必要なだけたっぷりお飲みください。でも，絶望は追い払

第Ⅴ章　言葉のやりとり

うことです，とトルバドゥールは元気よく答えた。少し時間をかけて地下道を掘れば，殿のお考えよりも早く仕上がりますよ。

　──数日来，儂は一歩ごとに飛び上がっている……って言ったろうが。気を紛らわさずにはおれぬから，ロバン，酒を注いでくれ……。ベルナルデ，君はリュートを構えて，『私は』や『あなたを愛してる』のアリアを歌っておくれ。

　陪臣はそれぞれ彼のために最善を尽くそうとした……。音楽を甘くゆっくりと奏でながら，ベルナルデは歌い出した。

「塔の麓で恋する者が
　恋で死にかけて以来，
　言葉たちが集まっては
　また離れてゆく……。
　汝のためにやり直すのは
　余にとり何も恥ずかしくない……。
　"私は"は"愛しています"と一緒に
　恋する男が愛の森で
　口説いて以来，
　美しい言葉たちは震えている，
　わなわなと……。
　ねえ，君，その心を開きなさい
　そうすればそこに"私は"と"愛しています"を届けてあげよう。
　君の魅力にかけて，言っておくれ，
　時は過ぎ去り
　日々は移ろい
　消え失せる……。
　最後にもう一度

現代版　フラメンカ物語

余とやり直しにやってきたまえ……。
"私は"は"愛しています"と一緒になって。」
——その歌は気に入った！とギレムが叫んだ。もしやそれは永遠の儂の情熱を歌ったものではないのかね？
——いや殿，この詩歌は殿や僕より古いものでして，誰が作者なのか知る人はもうおりません。これはつまり，ずっと以前から，世の末に至るまで，男は男に，女は女に似ているものだということなのです。愛の競技では支配するのは殿なのではありません。むしろ，奥方の気に入るようになるまで，片膝をつき，懇願しなくてはならないのです。

陽気なワインがなかったなら，そして，トルバドゥールを寛大に扱いたくなかったとしたら，ギレムは上の文言が悪知恵を含まないにせよ，搾り切れているし，自分としては平凡な考えよりも彼の詩歌のほうを好む，と言い返したであろう……。ちょうど良いときに雌鶏が出されたため，彼は仲間をついばむよりも腿肉をついばむために口を用いることを選んだのだった。

一回ノックがあり，二回立て続けにドアがノックされた。
——彼らです……とロバンが言った。殿，そんな僧服を着ていてはいけません。紳士になって，剃髪を隠すために帽子をかぶってください。もし彼らがあまり道徳的でない仕事が一修道士によって命じられていると知ったなら，たぶん拒絶するでしょうから。彼らの技で一角(ひとかど)の働きをした石工なら，いくらか法を自らに課しているものです……。
——ロバン，どんな法なのだい？
——知りません……。又聞きですが……彼らは秘密をしっかり守っているとのことです。
——よし，儂は着替えしよう。とりわけ明日，彼らのうちの一人が

第Ⅴ章　言葉のやりとり

朝の最初のミサに出席して，儂だと知られることのないように。
　ギレムはすぐに戻ってきて，テーブルの上に財布と並んで大きな一枚の紙を用意した。その上には，彼の全生涯を賭けた願いが叶えられるべき時を告げたとき，利用したいと思っている道路が描かれていた。
　職人たちは目で相談し合い，そのうちの一人は作業が不可能ではないことをついに説明した。でも，完成にどれくらいの時間がかかるかを見積もるには，地面を探って見なくてはなるまいとのことだった。また，彼らには一週間しか余裕がないことも知らせた。シャティヨンに礼拝堂を建設しなくてはならなかったからだ。何もならぬことなら，こんな仕事に忙殺されたくはなかったであろう。ロバンは裏のない筋金入りの職人たちに欺かれないで，こっそりギレムを引き離して，説得し，今晩からピエール・ギオンに温泉を開業させるようにしてもらった。こうすれば，石工たちの決心も早まるだろうというわけだ。騎士は異論を唱え，急いでも碌なことはなく，ピエール・ギオンに秘密を打ち明けてはならないし，自分が明日の日中に出かけて，ベルナルデの変装をした上で一人の労務者をそこへ案内しよう，と言った。

　翌日，四人の作業員がつるはしとシャベルで石灰質の土に挑んだ。大きな物音を立てて宿屋の近所の人びとを疑わせるのを避けようとした。掘りだした残滓は袋詰めにして，夜中にコソ泥みたいに用心しながら川に投棄した。ギレムの部屋はもう側面に六ピエ〔2メートル〕の穴が開いていたが，何も痕跡を残さなかった。人夫たちの仕事，彼らの正確な動作，彼らが繰り広げる計算された力量，これらはミサから戻ってから彼らを訪ねた騎士をそのたびに感心させたのだった。
　仕事に従い，一週間もあっという間に過ぎた。それで，日曜日のミサで，ギレムが差し出した《接吻牌》へのお礼に，フラメンカから

現代版　フラメンカ物語

「何で？」という言葉を受け取ったとき，前夜「死にます」と自分が彼女に言ったような気がした。この「何で？」は彼を喜びで夢中にさせた。この質問こそは，奥方が彼からさらに聞こうとしており，彼の感情をもっとよく知りたがっているという証しだったからだ。

「わが最愛の人は儂の空をかぐわしくしてくれる泉だ，と彼は思った。ああ，彼女を抱き締め，彼女に触れ，接吻したとしたら，儂は思う存分に彼女に堪能したいものだ！……彼女の合意を得られぬうちはそんな考えを慎むべきだろうが，でももう我慢できない。貴婦人"愛"が儂がミサを勤めているときに儂をこんな状態にして置くことは，何と不敬なことよ。どうか神がこれを大罪と見なしたまわず，また儂を罰しようと欲したまわなければよいのだが……。」

塔の中では，三人の口さがない女たちが，毎日曜ごとに一段とその美しさで魅惑してゆくこの聖職者のこと以外には，ほかに話すことができず，話そうと欲しもしなかった。

——あの人はきっとたいそう高貴な血筋なのだわ，とマルグリットは考えた。

——たいそう教養があるに違いないわ，とアリスが付け加えた。無教養の男は，パンにも塩にも値しないわ。

——私たちだって，とマルグリットが続けた。読むことができもせず，読むことを好みもしなかったとしたら，二年間も，アルシャンボーに強いられた責め苦にどうやって耐えられたでしょう？　書物でも追い払えないぐらいの大きな悲しみは一つもないわ。

——知識は，とアリスがいたずらっぽく言った。売り込むために使われれば，この上ないどけちのポケットからでもお金を引き出させるものよ。水と同じように，誰もそれなしではすまされないのだから。

114

第V章　言葉のやりとり

　神も"愛"も称えられんことを！　五月二十八日のこの日曜日には何ものも彼女らの上機嫌を損なうことはできなかったであろうし，おそらくなお四日間だけはさらに上機嫌だったであろう。木曜日は，キリスト昇天祭だったのだ……。

　——八日間に三回ものミサ，とフラメンカがため息をついた。こんなに短い時間に三つの言葉……。貴婦人"変化"が私たちを助けてくださるのだから，これを利用しなくては。夏の数カ月間，祭日は少ないし。マルグリットは眉をひそめた。

　——まさか，一夏中を言伝てに費やそうというのでは？

　——短い語句のほうがはっきりしているとは思いませんこと，奥方さま？　とアリスが訊いた。

　——あんたたちの言うことはよく分かるわ，とフラメンカが微笑した。でも，すべてが私に関係があるわけじゃないわ。彼が私らの質問に答えていると分かった今では，堪忍袋の緒が切れないようにしなくては……。

　アリスはこっそりとマルグリットにこう打ち明けるのだった。

　——もしもあの聖職者がいつか思い切って質問してきたら，私たちの髪の毛は，貴婦人"愛"も計算しなかった雪みたいに白くなるでしょうね！

　石工たちは仕事の終わりにさしかかった。七日間で，彼らは人が立って歩けるほどの本物の廊下を作ったのだ。部屋から温泉まで，オイル・ランプが壁面のところどころに懸けられた。両端の敷石のはめ合わせはぴたり完全だったから，ギレム本人さえどれを持ち上げるべきなのかを見分けるのに，二回試してみなくてはならないほどだった。

　作業員たちが立ち去ると，騎士はベルナルデに部屋の中に家具やスー

現代版　フラメンカ物語

ツケースを元通りに配置するよう命じた。
　——ロバン，お前はできたらすぐにピエール・ギオンのところに行っておくれ，と彼はそれから命じた。儂の健康が回復し，帰郷したがっていることを彼に分からせるのです。こうも付け加えなさい。女将ベルピルが居なくて，この宿屋では食事もろくろくできなかった，と。ギオンがいつものやり方をしたら，もう付近のおしゃべりどもが塔にまで噂を広めるだろうが，儂らはそんなことを恐れる必要もあるまい。神もそんな中傷はご存知なのだ。
　キリスト昇天祭の三日前の間は，司祭も聖職者も退屈であくびが出るようなことはなかった。連禱，公開の祈り，豊作祈願のミサ，田舎を練り歩いて収穫に主が恵みを垂れんことをと願う行列，これらで彼らは夜まで忙しかったのだ。儀式を一つでも短縮すれば，この季節の農民の熱意は上辺だけではなかったから，ひどく傷つけることになったであろう。農民は近づく刈り入れのために鎌をすでに研いでいたから，洪水や雹のことをひどく怖れていたのである。騎士はヌヴェールにいたとき，行列の先頭に立っていたことを思い出した。伝統によれば，司祭は大地に最初にお祈りすることになっていた。アルシャンボーはというと，異様な身なりをして，後ろから，たったひとりぼっちで従った。こうすることで，彼は背後で冷やかしや，淫らな冗談やらの標的にされることはなかったのである。

　木曜日，ギレムは最愛の人の心に触れるような言葉を選ぶのにたいした苦労もしなかった。ミサの半分では，奥方に合わせて作ってきたこれまでの詩の冒頭を絶えず二人の声に出してみた。彼にとって語呂合わせがよいと思われる言葉，「ああ？——どうかしました？　死にます——何で？……」を。《接吻牌》の瞬間に，彼は囁いた——「恋で」。

第Ⅴ章　言葉のやりとり

フラメンカは「あなたを見守り　あなたの魂を見守ってくださるように」(「詩編」121, 7) の行にいつもより長目に，より熱心に唇を当てた。ギレムはそのことに気づいた。今日，このページにほかの誰も触れさせないように，彼はそのページをめくり，ほかの信者には「詩編」の次の歌に口づけさせた。今度は自分がフードの陰の中で，「詩編」に身をかがめたとき，口全体で熱を込めてその聖なる文字を覆うのだった。彼はフラメンカに激しく口づけした気分になったために，突如全身が震えた。歓喜の涙が頬を伝って流れた。貴婦人"愛"が彼の前に現われて，もっと慎むように勧告した。こんな行動をすると，彼を眺めている人びとにばれてしまうからだ。もしも彼が祈るためではなく，世俗の歓びを味わうために「詩編」に口づけしていることが見破られれば，彼は異端者で偽善者と見なされるであろう。ギレムは落ち着きを取り戻した。貴婦人"愛"の監視に満足し，この肉体的なやり過ぎを自ら呪った。祭壇に戻りながら，すばやく袖の裏をぬぐい，それから，答唱を熱心に歌いだした。

　──彼が言ったわ！　とフラメンカは部屋のドアを閉めるや否や，勝ち誇るのだった。
　──まあ！……彼が言ったんだって……，とアリスが鸚鵡返しに言った。
　──で，何と言ったんです？　とマルグリットが尋ねた。
　──ゆっくりと一息吐いて。まるで音楽みたいだったわ，とフラメンカが答えた。
　──聞いて心地よかったのでしょうね，とマルグリットがため息をついた。
　──心地よいでは，あまりに弱すぎるわ……。無限とも思えたあの

現代版　フラメンカ物語

ほんの一瞬をとても語れはしないわ。彼の唇は開いたかと思うと，私のほうに向けられたの……。私は聞いたわ……「恋で」と。私がこの言葉は毎日百回も口にしているのだけど，それが私には新鮮に思えたの。それは私のうちに甘い憂愁を生じさせたし，今なお私はそれに満たされたままなのよ……。

　フラメンカは目を閉じて，その悦楽を引き延ばそうとした。小間使いたちは感動して黙ったままだった。彼女らにとって，この恩寵の瞬間は聖体の秘跡と同じぐらい神秘的で神聖なものだった。奥方がわれに返ったとき，マルグリットとアリスは興味津々で質問攻めにするのだった。
　——今でも彼を愛していらっしゃるのを疑っておられるのですか，奥方さま？　とアリスが訊いた。
　——そのことについては，私が彼の奥方だという確信がないのに，答えられないわ。
　——でも……。
　——どうして？……
　——あまり，厳しくしないでよ，とフラメンカが続けた。彼が恋に傷ついており，そのことで悩んでいるのは私にも分かるけど，この負傷は果たして私のせいなのかしら？
　——それは誰のせいであってほしいのです？　とマルグリットは驚いて言った。
　——彼が話しかけたのは奥方さまに対してではないですか？　とアリスが訊いた。
　——ひょっとして，自分と同じように悩んでいるのを知っているために，近くの女の友に打ち明けているのではないかしら。
　——奥方さま，あなたは天の扉のところにいながら，あなたの逆境

第Ⅴ章　言葉のやりとり

を見当はずれに求めていらっしゃるのだわ，とマルグリットが非難した。

　——ねえマルグリット，日曜日に，私は「誰に？」と尋ねてみるわ。そして，もし彼が「あなたに」と返事したなら，私は今日以上に良い助言が必要になるでしょう。

　——マルグリットと私は誓って申し上げますが，奥方さまがあまりに臆病なことを彼は私たちから嗅ぎつけたのです。何を恐れていらっしゃるのです？　心臓に耳を当ててください……。ご主人の蛮行のことをお考えください。ご主人が奥方さまの塔から出るときは，奥方さまを苦しめるためなのですよ！　お悩み遊ばすな，奥方さまに授けられたこの恋人を思う存分楽しんでくださいな。ご不幸への仕返しをしてください……。

　フラメンカはアリスに微笑し，彼女の頬をさすり，沈黙を守り，一冊の書物を取り上げてから遠ざかった。彼女は気晴らししようとしたのだが，果たさなかった。小説のどの行も同じ言葉——愛——を繰り返していたのだった。

　「あなたに」を期待するには，騎士がまず嘲りと受け取った「誰に？」から七日後の聖霊降臨祭(ペンテコステ)まで待たねばならなかった。彼の最愛の人は，自分が一人の女性のために恋で死にかけているのだと大胆にも考えたりすることなどがどうしてあろう？　だが，ベルナルデは心や魂の機微を知り尽くしていたから，気配りして言うのだった。

　——身分の高い貴婦人が取り違えから身を守るのは当然なのです，と彼は言った。真に愛されているとの確信もなく，また，恋人の口から聞いてもいないのに，焼餅やきへの復讐に身をさらすのは愚の骨頂でしょう。「誰に？」は，殿，決して余分なものではないのですよ，

現代版　フラメンカ物語

とトルバドゥールは付け加えた。
　「今やフラメンカが自分の恋を儂に告白するか，それとも儂に自らの言動を否認するかすべきときだ，とギレムは考えた。儂としてはすべて打ち明けてしまった。もしも次の日曜日に彼女が黙りこくっていれば，儂はいわれのない一生をヌヴェールで送るために，ブルボンを去る決心をしなくちゃなるまい。現世ではもう儂に歓びを授けてくれるものは皆無なのだ。儂の恋の悲しみは死ぬまで抱き続けよう。儂を救うことは誰にもできはしないだろう。儂は太陽に近づきすぎたために，イカロスみたいに空中に落下することだろう。儂の翼は雲の中に無くなるだろうし，儂は地獄に沈むことだろう。」

　——どう言おうかしら？……どう言おうかしら，あなたたち？……次のミサから，言葉の絆を断てるかしら？　とフラメンカが尋ねた。そんなことをしたら，私の名誉はなくなるでしょうね。
　——奥方さま，とマルグリットが申し出た。私たちに助言をお望みですか？
　——ええ，拝聴したいわ……。私の精神も心も良識をもって話すにはあまりにもかき乱されてしまっているから。
　——あの高貴な殿方のことで苦しまれる理由なぞありませんわ，とマルグリットが言葉を継いだ。貴婦人 "愛" が奥方さまの傷を癒やし，奥方さまを解放しようとして，彼を遣わしている以上，僧衣で装っても，彼が奥方さまを愛していることを隠し通せたりはできませんわ。
　——彼は奥方さまを手なずけようとさんざん術策や手管を発揮した以上，とアリスが強調した。彼は求愛の名人と言ってもかまいませんわ。それに，彼はすっかり恋いこがれていますから，母親から生まれた女性なら，誰も彼に抵抗はできないでしょう……。

第Ⅴ章　言葉のやりとり

　——奥方さまが彼を愛し，彼から愛されていることは間違いないじゃありませんか？ すっかり好意を寄せている恋人の熱意をくじくようなことはなさいますな。よろしいですか，とマルグリットは念を押した。あなた方が一緒になられれば，これ以上素晴らしいカップルはこの世にないでしょうよ。だって，愛もそれを欲し，神もそれを望まれているのですもの。出来上がっていることを壊したりなさらないでください。

　——理性過多からゲームを破れば，不条理なことになりますわ，とアリスは自分の言葉にかなり満足げに微笑して言った。いつもなさってきたように，彼を歓ばせると同時に不安にもさせる質問で彼に答えてください。

　——「何ができて？」とマルグリットが先回りして言った。

　フラメンカは同意のしるしに頭を振り，マルグリットに近づき，その頬に口づけした。

　——ねえ，あなた。その言葉こそ私に必要な遠回しの言葉ね。それでなら，私が巻き込まれることもなく，彼の情熱をかき立てることになるでしょう。

　——忘れないようにしてくださいね……，とアリスが忠告した。

　フラメンカは忘れなかった。そして，日曜日には約束を守ったのだった。

　ギレムはこの質問を理解するために，貴婦人"愛"の手助けを必要としなかった。彼はその質問を満ちあふれた心を一挙にこぼれさせるためではなくて，たんにそれに話すよう元気づけるために考慮されているのだと分かったのだ。即座に，彼は最愛の人に自分の心の内を発見させるために好都合な返事が見つかった。この言葉が朝から晩まで

現代版　フラメンカ物語

彼の頭の中を陽気に去来した。彼の陪臣たちや宿屋の主人と女将は，彼がいつもより悩んでいないのを見て嬉しかった。

　夜中に，みんなが眠ったとき，騎士は部屋の上げぶた用の敷石を持ち上げて，フラメンカのことを夢見るために温泉場へ赴いた。初めての逢い引き，初めての抱擁を想像して楽しむのだった。ときには，こんな願いもした。
「親愛なる神さま，
　私に天国をお与えくださるはずなのですから，時間を早めることはおできにならないのですか？　私に同意してくれている奥方を私に抱かせようとなされば──だって同意していなければ，私もそんなことを望みはしないでしょう──私は地代をみんなの幸せのために，教会や大修道院や橋や道路を築くことに捧げましょう。貧困に侵されているすべての人びとに寄付を致しましょう……。そしてそのためには，すべての使徒，すべての予言者を証人にしてお誓い致します。私はフラメンカをたいそう愛していますから，誠心誠意をもって申しますが，神よ，いかなる帝国も──たとえ御身のものであろうとも──彼女の心のそれには及びません。アーメン。」

　聖バルナバの日曜日に，ギレムは奥方に《接吻牌》を差し出して，彼女に「僕の癒やしに」と言った。
　彼が離れるや否や，フラメンカは信者たちから隔離されたこの薄暗い仕切りの奥で自問した。「どうやって私は彼の恋患いを癒やすことができようか？　彼は私のために悩んでいるけれど，どうやってそれを和らげるか？　彼の無鉄砲，大胆さ，辛抱，これらは彼の心が私を愛したことで苦しんでいることの確かな証拠なのだが，でもこの私と

第Ⅴ章　言葉のやりとり

しては不本意ながら，彼を癒やすのに適した薬を持ち合わせてはいない。あの最愛の人はこれまであれだけのことをしてきたのだから，新たにアルシャンボーを欺いて，私たちが互いにうまく享楽できるために，うまく装うことはできまい。あの人がこの焼餅やきの夫をとうとうかつぐことにでもなれば，あの人のことだから地上のほかの人びとをきっと片目にしたり，盲目にでもやりかねまい！……神の思し召しがあらんことを。」

　塔の中では，彼女は小間使いたちとあまり喋らかなかった。日中の言葉を彼女らから奪ったわけではないのだが，彼女らに聞かれたくなかったのだ……。マルグリットとアリスは愚かではなかったから，今回は自分らの意見が囁きにはなるまいということをよく分かっていた。フラメンカは二本の枝のある樹木の前に立っていたのだ。一本は折られているが，もう一本は天に伸びている樹木の。つまり，沈黙するか，「どうやって？」と尋ねるか，という問題の前に置かれていたのだった。沈黙することは全身全霊で拒んだ。そんなことをすれば，自分の愛している人を窒息させてしまうだろう……。でも，「どうやって」彼を癒やすのかを尋ねれば，自分の全身を彼の欲望にゆだねることになろう。もう避けられないのか？　まだ避けられるのか？

　対話は八週間ずっと続いたのだが，フラメンカにはこんなことはどうでもよかった。仮に最愛の人が城で好き勝手に振る舞える貴婦人に多くの色男の騎士たちが許されるままにしているように，言い寄り，邪心を起こしたり，お世辞を言ったり，責め立てたりしたのだとすれば，一年以内で決してこれほど率直な愛の告白を得たりはしなかったであろう。危険をもものかわ，自ら相手のものになるような行動を起こすことを命じたりはしなかったであろう。

　土曜日は聖ヨハネの祝日で，歌ミサが挙行されることになっており，

現代版　フラメンカ物語

彼女は自ら質問に身を委ねないではおれないだろう。翌日には，彼は主人公として答えるだろうし，彼女を彼の欲するところへと導き始めるであろう。このことについては，彼女は疑うことができなかった。

　彼女はもう一度，一連の愛の言葉を並べたててみた——「ああ！どうなされたの？　死にます！　何で？　恋で！　誰への？　あなたへの！　何かできて？　癒やすことが！」あらゆる祝日のうち，はたしてこんな一日が訪れるだろうか，宿命的な降伏から彼女を切り離している六日間に，「どうやって？」よりも拘束力の劣る言葉を彼女に助言してくれるような一日が？

　ギレムは奥方に《接吻牌》を無駄に差し出しはしなかったし，聖ヨハネは恋人たちを有利に取りはからった。ギレムは祭壇へと戻りながらも，「どうやって？」が心の中で心地よい音を奏でるのだった。彼はきっとドン・ジュスティヌスに読誦ミサだけにしてもらいたかったであろうが，儀式を正午の最後の祈禱まで耐え忍ばねばならなかった。その後でやっと，数ある質問でももっとも好ましいそれを心ゆくまで味わったのである。

　「とうとう彼女は同意してくれたんだ，と彼は思った。そして，裏切られて当然の夫がいるにもかかわらず，僕らが『どうやって』一緒になるかを教えて欲しいと自分に頼んだのだ。今日こそはおめでたい。この僕を王国一の幸せな騎士にしてくれたんだから。おお，奥方よ，僕を信用するのならば，急いでおくれ。僕の術策であなたは牢獄から解放され，僕は恋の悩みから解放されるだろう……。僕らの歓びはたった一つでしかないだろう。僕らにはこう言うことしかできまい——君のものにして僕のもの。」

　日曜日に，ギレムは聖体皿と「詩編」との間から「計略で」と明言

第Ⅴ章　言葉のやりとり

した。フラメンカはミサの直後に小間使いたちにこの言葉を持ち帰った。彼女らは歓喜し、小さな叫び声を上げた。奇跡が完成するのを目の当たりにしたのである。

——あの人はユピテルだわ、とアリスは言った。彼はありとあらゆる姿を取ったり、あなたを征服するためにあらゆる手段を用いることができるのですもの。たんなる人間じゃありません。こういう恋人に幻想を抱かせてはなりません。仮に私がそういう伴侶に選ばれたとしたら、私はこれっぽちも彼に身を任さないではおれないでしょう。

——奥方さまもご承知のはずですよ、とマルグリットが続けた。ずっと前から、彼があなたに天を開けてくれる鍵を作らせていたことを。

——今さらどうしようというのです？　とアリスが訊いた。奥方さまは彼に質問するには及びません。彼はもう奥方さまの決心を待っているだけなのです。

——もう引き下がれないわ、とフラメンカは甘受した。あなたらが後悔せずに彼の許に赴くようひどく励ますものだから、「実行して！」という言葉を選ぶしかないわ。そうしたら、彼は自由に行動し、私に命令するでしょう。私はこれ以上に彼の侍り女になれるでしょうか？でも、あの人の恋にこれほど易々と同意することは恥じゃないかしら？

——何が恥なものですか、奥方さま？　貴婦人"愛"がそれを望んでいるのですもの、とアリスが言い返した。もっとも奥方さまが本心から彼を愛していらっしゃらないのなら、恥かもしれませんが。

——貴婦人"愛"がギャロップで疾走するときには貴婦人"意志"は抵抗したりしません、とマルグリットが付け加えた。狂気が分別を追い払うのは上辺だけなのです。だって、この狂気は分別に属してはいないで、生命の感覚なのですから。才気があり、武勇に秀で、しかも焼餅やきに制裁を加えたがっている人たちはみな、そう考えるもの

現代版　フラメンカ物語

です。もし論議される機会でも訪れたなら，どんなに大きな鬱病にかかっている人でもこの推論の正しさを保証してくれるでしょう。アルシャンボー卿でさえ，耳をふさがなければ，ついにはそれに合意することになるでしょう……。

　——木曜日にはミサがあるわね？　とフラメンカが遮った。
　——ええ，奥方さま，とアリスが肯定した。善良な使徒ペテロとパウロの祭日です。

　貴婦人"愛"は恋人たちの頭の中によく逆風を吹き込むことがある。フラメンカは数日前に，冒険がたどった性急な成り行きに怯えていたものだから，今週中に二つもミサがあると思って有頂天になった。
　自分のために僧服をまとった美男の騎士の計略を知るのが，彼女には待ち遠しかった。
　彼女は彼への愛を確信するにつれて，夫の欲求へはだんだんと屈しなくなった。アルシャンボーはけんもほろろにあしらわれてももはや熊みたいに怒りはしなかったし，自ら進んで優しさで好意を勝ち取ろうとするのだった。それが得られぬときでも，日中のことを何も言わなかった。囚われの彼女は夫をもう恐れなくなっていた。どうやって彼女を支配するか？　今では嫉妬心が彼の心を重く苦しめていた。何とかしてこの重荷から解放されたかったであろうが，人間のあらゆる苦しみの中でも嫉妬ほど感染性なものはない。この目に見えぬ発熱は耳を不自由にしてしまう。ほかの症状なら良薬によって和らげうるとしても，この病気は何にでも，時間の試練にさえも抵抗する。懐疑は焼餅やきの餌（えさ）の味を引き立たせる唯一のものである。彼の歓喜だった一切のものは，彼の絶望と化したのだった。

第Ⅴ章　言葉のやりとり

　木曜日の「実行して！」に対して，ギレムは日曜日に「実行しました」と答えた。フラメンカは嬉しかったが，びっくりもした。彼が策略の進行を自分に知らせてくれるだろうと想像をしてはいたのだが，それが実際に準備できたとは知らなかったのである。
　「実行しました」は，相手の恋人が彼女の運命を癒やそうという計画を，さながら彼女が自分の運命を癒やしてくれるとでもいうかのように，ずっと以前から彼女のことをどれほど考えてきたかということを示していた。
　お返しに，今朝《接吻牌》の折に，彼女は言葉を超えた愛情のあかしを彼に与えた。すなわち，アルシャンボーに背いて，彼女は二人の目がかち合うのに必要なだけ，目をのぞかせ，それから，「詩編」を彼に返しながら，小指で彼の小指を愛撫したのである。
　「彼にこんな僅かなことしか捧げないのは罪だわ，と彼女は内心考えた。秘密の場所で眺め合ったり，抱き締め合ったりできる程度では，私は永久に彼のものにはなれない。彼は独りで私を救い出したがったり，私を死から引き離したがったりしているのだから，私は独りで彼に仕えよう。ほかの騎士たちのために，いったい私はどんな評価を得られようぞ？　二年以来，どの騎士も私のことを気づかってはくれなかった。みんな，私がどれほど生き埋めにされているか，私の苦痛がどれほどであるか，承知していながら，夫に立ち向かおうとはしなかったし，援助の手を差し延べようともしてくれなかった。彼らは誇り高い騎士であると自慢しているが，大間違いだ。こんな卑怯者たちは私を哀れな運命に放置してきただけなんだわ……。
　試練を行ってきたこの私を引き入れたとしても，その口では恋で死にかけていると公言し，その考えでは誓いを破るようなぺてん師に，私の心の中で取って代わるようなことは決してしないと知って欲しい

現代版　フラメンカ物語

ものだ。悪魔が卑怯者たちを追っ払い，神さまが私の最愛の人をもっと守ってくださらんことを。」
　ミサの後で，いつものように，もう毎日部屋を訪れることをしなくなった焼餅やきから離れて，彼を意に介することもなく，フラメンカは小間使いたちと陰謀を企てた。アリスは開いた道をたどるようにという助言をリフレインのように反復しながら，優しく素敵なスピーチを行った。より夢想家のマルグリットはあの聖職者は恋という牢獄だけを待つ特権があるのに対して，フラメンカ自身は二つの牢獄――夫の牢獄と，美・名誉・正義・求愛が要求することを，一緒になるのを許されていない人と一緒に実行したいという欲求……の牢獄――があるからだということを言った。だがやがて，夫が彼女の意に反して引き止めようとしたとしても，彼女は彼によって二回解放されるために，この結びつきを二重に利用することであろう。
　愛のことを話題にしたり，それのあらゆる駆引を話したりしても，彼女らは飽きることがなかった。フラメンカは「従います」という言葉を選んだ。相手への誓いに服従していることを示すのに，これ以上のものは見つからなかったのだ。日曜日のミサでは，彼女は自分の目をギレムのそれに虜（とりこ）にし，耽溺させたまま，熱心にこの言葉を言ったのだった。
　一週間が経過し，彼女は騎士の最初の命令「行ってください」を聞いた。
　次の土曜日は，聖女マドレーヌのミサが行われた。フラメンカは難なく「どちらへ？」と訊いた。翌日，ギレムは「温泉へ」とはっきりさせたが，これ以上は話せなかったのが残念だった。彼としてはこの招待に花を添え，いかなる光でも，彼が毎回のミサで今まで見とれてきた彼女の目の輝きには比べものにならぬことを言いたかったであろ

第V章　言葉のやりとり

　う。残念ながら，時間は数えられていたし，焼餅やきがいつも開口部の傍に控えていたのだ。そういう無謀な言動をすれば，辛抱と精巧さの幾週間をいっぺんに台なしにしてしまうであろう。騎士がそういう誘惑を抑えようとしなくてはならなかったのは，これが初めてではなかった。暦がうまく大儀式にふさわしい聖人たちで埋まっていたし，交わされた言葉で二人を近づけたにもかかわらず，彼の情熱は収まる代わりに，彼の頭を熱するばかりだったのだ。

　昼夜が彼を正当な幸せから切り離していたし，あまりにもゆったりと伸びて行ったから，彼は太陽と月とが自分に対抗して団結しているのではないかと思ったほどである。このことをロバンにこぼすと，彼はできる限り慰めようとした。なにしろギレムは時間や日々の恒常性について説教されても，何一つ聞こうとはしなかったからだ。騎士は自分のことを忘れてしまい，もはや夢をも送ってはくれなくなってしまっている貴婦人 "愛" をも責めた。自分がもう眠れないとしたら──と彼は苛立った──，あまりにスパイスが効いた女将ベルピルの料理のせいかも知れぬ！　優しいこの宿屋の女将も，彼の不機嫌を免れはしなかった。ベルナルデだけは主人に対していくらか影響力を持っていた。このトルバドゥールは彼の気に入るためには，彼の最愛の人の名前だけを発音すればよいことを知っていたのだ。だから，彼はフラメンカへの讃歌を書き，この美女をありとあらゆる美辞麗句で飾り立てることを止めなかったのである。こうした朗読で騎士の心は当座は鎮まったが，この奥方をものにしたいという彼の苛立った欲求を物語るには，十人の詩人がいても十分ではなかったであろう。

　コンポステーラの聖ヤコブのミサが火曜日にやってきた。フラメンカは聖職者に訊いた──「いつ？」と。情熱に捉われたことのない者

は，ギレムが唇を噛み，すぐに「明日」と答えないようにするためにどれほど限りない意志を必要としたかを見破れまい。貴婦人"変化"が彼の骨折りに報いてくれたのだった。彼が「詩編」を引き下げた瞬間に，アルシャンボーは脚のしびれを直すために彼のほうへ一歩進んだのだ。そのとき彼は開口部のごく近くにいたから，「明日」という言葉が彼本人に向けられたかのように聞こえたことであろう。ギレムは後になって恐怖に捕われて，教会の中を息を切らしながら横断したのだった。

　内陣にたやすく到達して，自分のベンチの上に座った。そのとき「平和の賛歌」(Agnus Dei) を歌い始めなければならなかったとしたら，それはできなかっただろう。あまりにも息苦しかったからだ。

　フラメンカも仕切りの後ろで震えていた。夫の動きが見えたからだ。「こっそり見張るためにそんなことをしたのか，それとも，偶然だったのか？」と彼女は思いめぐらせた。彼女の「いつ？」はいかに短かろうとも，彼の耳に届いたのでは？ やれやれ，人は幸せに近づくとき，それは危険に陥るものなのだ。水晶ほど脆弱なものはない。

　彼女の恐怖が消えたのは，部屋を締め切り，恋人たちの幸運を思って忠実なマルグリットとアリスが与えた忠告を聞き，焼餅やきとの再度の夕食をやっと拒絶してからだった。

　ギレムが返事を考え出すのには五日間を要した。彼はできるだけ早くフラメンカに会いたかったにもかかわらず，「明日」では彼にはもうふさわしくなかった。これでは焼餅やきを籠絡するのにはあまりにも短い猶予期間だった。彼はこのことを陪臣たちに打ち明けた。彼らの助言は日時の選択を奥方に任せることというものだった。

　──君たちは儂を苦悶で殺すつもりかい！ と騎士は叫んだ。

　──いいえ，殿，とベルナルデが反論した。お金でも投資してみま

第Ⅴ章　言葉のやりとり

せんか？ 殿の言葉の三日後，彼女は温泉に行きますよ。水曜日ということになるでしょう……。

——ねえ，君。君の言うとおりだとしたら，天の恵みはすべて君の上に降りることになろうよ。

——そんなものはひとにぎりのマール金貨より重くはありません，とトルバドゥールは面白がった。そんなものでは僕の背中にこぶもつくれないでしょう。

——じゃ，君はそれほど金銭づくなのかい？ とギレムはあきれた。

——いや，殿！……もしそうだとしたら，僕は殿のお傍になんか居りません。こう申しては失礼ですが，殿が吝嗇家(りんしょく)であられるどころか，反対に，殿の気前のよさが無類であるからというのではありませんが，人は歌をつくっても金持ちになったりはしません。何度も申し上げたように，商売だけが財布をふくらませますし，しばしば繰り返してきたように，何も創らないし，何も建設しないで，他人が為したものを売るだけで利益を得る人びとを，私は嫌悪しているのです。

——でもベルナルデ，商人なしでどうしようというのかい？ どうしてこういうひどい判断ができるのかな。彼らは売るものを，自分で買い付けているんだ。誰もそれを望まなかったなら，彼らはヨブみたいに貧乏になるぞ。

——ご存知ですか，殿，農民や木靴商が飢えを訴えるときには，商人が貧しくなり，高利貸しが苦労し，トルバドゥールがぼやくことを？

——それもそうだな……でも，話題に戻るとしよう。ほら，ここに銀貨10マールがある。これをマントルピースの下に隠しておこう。もし君の予言が成就するようであれば，君のものだ。さて，日曜日に僕は何と言うべきだろう？

——「早く」ですよ，とベルナルデ。

現代版　フラメンカ物語

　——それほど明白なのかい？「次の良い日」のほうがましではないかい？
　——長過ぎますよ，とこれまで黙っていたロバンが口をはさんだ。
　——この前，彼女にそう言ったとしたら，より気を引いたかもな？
　——アルシャンボー卿のこともお考えください，とロバンが言葉を続けた。
　——「早く」にしよう，とギレムはしぶしぶ譲歩した。
　日曜日に，騎士は聖体皿を差し出してから，「詩編」を傾け，そして夫の視線を無視して言った，「次の良い日」と。
　フラメンカは身震いした。これほど話すのは狂気の沙汰だった。ギレムは「早く」に決めることができなかったのだ。だが，彼の無鉄砲は幸運にもついていた。焼餅やきに聞かれなかったのだ。"愛"や神は寛大であられる。
　宿屋の夕食時に，彼はこの手柄をロバンとベルナルデの傍で自慢することはしなかった。彼らが聞いたなら，これをよからぬことと見なし，非難を浴びせたことであろう。

　マルグリットとアリスが部屋掃除に没頭している間，フラメンカは窓辺に居た。彼女の目はブルボンの屋根を眺めているかに見えたが，実は何も見分けてはいなかったのであり，奥方の心は彼女の内部で起きていることに捕らわれていたのである。
　「今となっては，選択を遅らせられない，とフラメンカは考えた。いつまでも待ち焦がれるか，それとも一日で心を治すか？　愛と歓びが待っている場所へ行きたければ，私はもう苦しみを恐れたり，生涯のことを心配したりすべきじゃない。
　私には決心をするのにあまり余裕がない。火曜日は聖ペテロの祭日

第Ⅴ章　言葉のやりとり

だし，思いやりのある神さまが完全な言葉を指示してくださらんことを。私のためにお話しになり，私の最愛の人を満足させてくださらんことを。私の不安はどういう類いのものなのだろう？　この愛を味気なくするものなのか，それともそれに味つけするものなのか？　一方は喪の悲しみ，他方は楽しみ，一方は葉っぱに過ぎず，他方は花にほかならないが，それでも両者は互いに似かよっている。私は愛しているのだわ，私のこの悩みを気の毒に思うことのできるのは誰かしら？　恐怖，愛，恥が私の身体を針や棘で刺している。恐怖は私を脅かし，アルシャンボーが知り得ないことを何もするな，さもないと，この焼餅やきは私を火刑に処するだろう，と言っている。恥はみんなが非難している姦通を慎しむようにと私に命じている。反対に，愛は恥や恐怖で心が元気づけられたためしがない，と私に教えている。オウィディウスも言っているとおり，愛とはその下臣たちに貢ぎ物を要求する女王であるとしても，私は彼女からの借金はない。それだから，彼女が私からその封地を取り戻すようなことがあれば，それは彼女にしては非礼となろうし，私には死以上に大きな損害となろう。そんなことをしたら，彼女は女封主になってしまう。彼女が私の中に居据わってからというもの，私は彼女を追い出せたためしがない。彼女の封土を私が利用しているために，彼女は私に泊めるよう要求している。ああ，これは正しいことなのだわ！　それに，彼女に逆らったりしたら，天が私の上に倒れてこないとも限らない。貴婦人 "愛" がすべての女性に権力を持っていることは，私も承知している。私たちが十三歳のときに一人でも知らずにいると，彼女は自分への借金を要求し始める。三年後にまだ私たちが借金していると，貴婦人 "愛" はその封土を没収してしまう――好意から，辛抱して待ってくれるのでなければ……。だが，二十一年が過ぎても，貢ぎ物の半分が支払われなければ，いか

現代版　フラメンカ物語

なる女性ももはや封土を利用できなくなろう。私たちは覚えておかねばならないのだ，すべてはたった一言——同意する言葉か，拒絶する言葉——で起こるのだということを。」

　二年間の不当な不幸のことがフラメンカの脳裡によみがえった。彼女は呪われていると思った。涙が目を止めどなく流れたし，心臓はままならず，呼吸をするのも困難だった……。もう彼女の願望は出来上がっていたとはいえ，相手に"はい"と言うか，"いいえ"と言うかは一つの拷問だった。彼女は説明のつかぬ過ちを犯すのを恐れ，天使と悪魔との板挟みになっていた。

　貴婦人"愛"があやすように姿を現わし，歌を口ずさんだ。
「善はいずこ，悪はいずこ？
　私はバラと砂利との間に
　馬乗りになって生涯を過ごしている……
　愛するためには狂人にならねばならない。」

　——貴婦人"愛"よ，神かけて，と彼女は訴えた。あなたの弓がこれほど残酷なことはありません，あなたの矢の毒がこれほど酷かったこともありませんでした。あなたの矢はそっと刺さりますが，一見甘美に見えれば見えるほど，凶悪なのです。私は愛することがこれほどの苦痛を与えるとは思ってもみませんでした。でも……定刻の鐘が鳴り，私は愛することを望んでいるのですから，貴婦人"愛"よ，私の中に留まってください。あなたはくつろいでいてください。あなたの意志は私の意志なのです。私の忠誠は際限がありません。命じてくだされば，服従します。あなたの使者に，私は「御意のままに」と答えます。さもなければ，私は生きてはいけません。

　こう言うとフラメンカは気絶してしまった。小間使いたちが駆けつけ，彼女の頬を軽くぽんぽんと叩いたけれども，青白いままだった。

第Ⅴ章　言葉のやりとり

　マルグリットはびっくりして，扉の開口部から呼びかけた。
　──殿！　すぐいらしてください。
　アルシャンボーには聞こえなかったのだが，回転受付口担当の老修道女アガトが彼を探しに行った。彼が到着する前に，アリスは女主人の頭を両腕に抱えたまま，少し気を落ち着けると，フラメンカの目が開いた。
　──奥方さま，気分はよくなりました？　と小間使いは訊いた。
　──あなた，殿を呼んだの？　と奥方が小声で尋ねた。
　──アガトが報らせに行きました，とマルグリットが答えた。
　フラメンカは小間使いたちに打ち明けて言うのだった。
　──気分はよくなったけど，夫が到着したら，私は死んだ振りをするわ。私の許にやってきて私が病気だということを話したとしても，夫はそんなこと驚くまでもないでしょうから。
　アルシャンボーはベルトから鍵を取り出し，穴に差して回した。彼は階段を駆け上がって息切れしながら入ってきた。すぐさまフラメンカのほうに身を乗り出した。
　──水とタオルを，と彼は命じた。
　マルグリットが急いで用意した。彼はタオルを湿らせ，妻の顔の上でそれをねじった。妻は身動きしなかった。彼は酷く動揺し，彼女にぽんぽんと平手打ちをしようとした。
　──目を覚ましなさい，目を覚ましなさい，と彼はつぶやいた。
　フラメンカはプレイを続行させ，彼が彼女の口のそばに耳を密着させたとき，できるだけ息をしないでいた。
　──誰か医者のキャロンに人を行かせなくっちゃ。よいか，マルグリット，言うとおりにしなさい……。
　小間使いはそれに従って，門を出て行った。

現代版　フラメンカ物語

　——何が起きたんだい？　とアルシャンボーはアリスに尋ねた。
　——殿，突然奥方さまは倒れ込まれたのです，とアリスが答えた。
　——でも，どこが悪いんだ？
　——分かりません。でも，奥方さまの健康はずっと前から悪かったのです。
　——きっと，何も食べないからだ。
　——あら！　ご覧ください，殿，とアリスが嬉しそうに叫んだ……。奥方さまが目を開けられました。
　——天のおかげだ，妻よ。お前は生き返ったんだな……。そっと立ち上がらせて，ベッドに運んでやろう，とアルシャンボーは彼女を持ち上げながら，言った。彼の心臓は激しく脈を打った。フラメンカの体温を触ってみて，彼は狼狽した。この瞬間を引き延ばすために小股で歩いた。彼女を床の上に降ろす前に，彼はアリスにクッションを整えるよう頼んだ。用意周到に，妻を横たえた。身をかがめながら，彼の唇は抱きたがっていた喉にそっと触れた。その喉は丸くてすべすべしていた。
　——どうしたんだい？　と彼は妻の傍に座りながら尋ねた。
　——ある病気で疲れ果てているの，とフラメンカは気力のない声で答えた。ほんの一しずくでも私の手足は痛むの。数日以来，酷く冒されていて，キャロンが治してくれなければ私は死んでしまうわ。
　——彼は呼びにやったよ……。でも儂としては，君が毎朝ナツメグを少し食べ，儂と一緒に夕食をすればもっと良くなると思うよ。君の部屋で，君は断食しているじゃないか！　料理もほとんど手を付けないで台所に戻ってきているし。
　——ねえ，あなた。かつてそれに口を付けた後遺症に悩んでいるの。温泉でいつも治ったのだけど。すぐにでも温泉に行きたいわ。ピエー

第Ⅴ章　言葉のやりとり

ル・ギオンに水曜日に連れて行ってくださるなら，きっと治ると思うわ。ご存知のように，この日は月も三日月だし，月の九日目は温泉に好都合ですから。

　──心配するな。水曜日に君を連れて行こう……。前日の聖ペテロのミサには君のために，これまで誰も見たことがないほど大きな蠟燭を立てることにしよう。

　──殿，そう言っていただいて感謝します。でも，私は病んでいるのです。どうか一人にしておいてくださいな。立ち去っていただけませんか……。どうか温泉を掃除させるのを忘れないでくださいな……。

アルシャンボーは会話に興味を抱き始めたときに部屋から遠ざけられることに不満ながらも，引き下がった。ここ数カ月ずっと彼がこれほどの優しさを見せたことはなかったのである。彼は受けたばかりの同意が，このように短縮されて傷ついたのである。でも，失望を無視して，彼は宿屋の場所に赴き，階段に座って砥石で包丁を研いでいるピエール・ギオンを見つけた。

　──妻が水曜日に，三日月のせいで入浴したがっているんだ。すべてを清潔にして何も不足のないようにな，とアルシャンボーが命じた。

　──静かにお休みください，殿。奥方も満足されるでしょう，と宿屋の主人は親切に答えた。奥方がお望みなら，地面の上ででも食べられるようにいたします。地面は磨かれたテーブルみたいに輝いていることでしょうから。

「そうしたいわ」とフラメンカは「詩編」に口づけしながら，情熱的に言った。それから，前にも一度やっていたように大胆にも，ギレムが書物を再び取り上げたときに小指で彼の小指を愛撫した。

ベルナルデは教会からの帰途に，ギレムに訊いた。

現代版　フラメンカ物語

　——殿，最後の言葉は何でしたか？　騎士はこのぶっきらぼうな質問に微笑した。
　——お前ならどんな最後にしたいかい？
　——歌の最後です，と陪臣は答えた。私に発言するよう命じられたときから歌って差し上げているあれです。
　——リュートを持って，儂の部屋にやってきなさい。この歌は儂らの秘密にしておかなくちゃな。
　ギレムはスツールにまたがり，ベルナルデは真正面に座った。
　——殿，それじゃお望みならその言葉を……。
　——始めておくれ……。最後に，儂も自分でそれを歌うとしよう。
　トルバドゥールは楽器を鳴らし，楽しげに切々と吟じるのだった。
「ああ！
　——どうしたの？
　——死にます。
　——何で？
　——恋で。
　——誰への？
　——あなたへの。
　——何ができて？
　——治すことが。
　——どうやって？
　——術策で。
　——やって。
　——できました。
　——従うわ。
　——行って……。

第V章　言葉のやりとり

　——どこへ？
　——温泉へ……。
　——いつ？
　——すぐに……。」
　ギレムが彼を引き止めた。
　——儂はお前に誓ったはずだぞ。儂は「すぐに」ではなく、「次のよい日」と言った。
　——殿、それは軽率でした。私の歌はぎくしゃくしていますが……。
　——何も改めるでない。そいつは完璧だ。最後に付け加えなさい、「そうしたいわ」と。
　——でも、その日になっていませんよ！……ベルナルデがびっくりした。
　——この歌に値段がつけられるとは思わぬが、お前は銀貨10マールの値打ちがある。日は水曜日だ……。お前は儲けたな。
　トルバドゥールは笑いだした……。
　——どうしてお分かりになったのです？　と彼は尋ねた。
　——不思議はないよ、と騎士が答えた。あの焼餅やきは温泉場の用意をするよう、儂らの宿屋の主人に命じにやってきたんだ。奴は水曜日に寝取られることを選んだんだ。
　——いいえ、殿。選んだのは彼ではなくて、彼女なのです。私が思うには、確か月の九日でしょう……。この日は、世人が言うには、女たちは温泉に一番向いているらしいのです。
　ギレムは彼の知識にお祝いを言い、彼が空んじている新しい歌をもっと歌ってくれるよう、頼んだのだった。

第Ⅵ章　愛の温泉

　小間使いたちは早く起き，着替えをし，身支度してから，フラメンカを起こし，化粧の手伝いをし，着物を着せ，髪を整えた。彼女たちはたらい，ブラシ，タオル，おしろいや軟膏を用意し，しっかりとしまうためにきつく紐かけした柳細工の行李の中にそれらを納めた。
　奥方と小間使いたちは今朝，まるで考えていることを自分らのためにとどめておきたいかのように，沈黙裡にことは行われた。
　アルシャンボーは汚くて，だらしない身なりをし，口ひげを生やし，イバラのような髪の毛をそばだててやってきて，こうぶつくさ言うだけで満足した。
　——さあ，ついておいで……。
　塔を出ると，四人とも覆いのある荷馬車に乗り，温泉宿へと出発した。
　ピエール・ギオンは使用人たちを伴いながら，一行を待った。彼らは床や壁を清掃し，蠟燭を取り替え，古くなったお湯を空にし，源泉の栓を開けていた。アルシャンボー卿はすべてのことに用心した。中に潜む人物とか，隅に隠された罠を探し回る男みたいに，疑い深いように見えた。疑わしいものは何も見つからなかったとはいえ，彼は不機嫌な顔をして出てきて，フラメンカと小間使いたちを入らせた。宿屋の主人から鍵をすばやく摑み取り，飾り鋲を打った部厚い扉をロックし，南京錠をかけた。そこで，彼はピエール・ギオンに立ち去るよう合図した。彼は近くの楡の木の下に座り，決して手放したことのな

第Ⅵ章　愛の温泉

いナイフを握り締め，枝を切りながらじっと辛抱した。

　マルグリットとアリスは眠らなかった。彼女らは中扉を交差させた鉄の棒で閉め切った……。アルシャンボーの頭はくるくる変わりやすかったから，こういう用心も過度ではなかったのだ。フラメンカはシャワー室をあちこち回ったが，彼女の好奇心は温泉の注ぎ口にあった。あの聖職者がどうやってここに入り込むのだろうかと自問した。ひとりでやってくるのだろうか？

　小間使いたちは彼女に目で尋ねた。彼女は何も答えないで，不安を追い払うために，こう言うのだった。

　——いいこと，私は服を脱ぐつもりはないわ。ここにきたのは入浴するためではなくて，彼と話すためなのよ……もしも彼が姿を見せたならばね。

　——奥方さま，きっとやってきますわ，とアリスが肯定した。あの方は私たちの知らない計略がおありですから……。

　——黙りましょう，とマルグリットが言った。何か物音が聞こえたような気がするわ。

　この小間使いの聴覚は敏感だった。もっとも薄暗い片隅から石がすり抜ける物音がした。三人ともそれ以外のことは予期しなかったのだが，そのときは彼女らに勇気がなかったし，彼女らは何か幽霊でも現われるかのように，互いに腕を取り合ったのだった。すると，二本の手がタイルを押し上げ，明かりの射し込む穴をあけたのだ。一瞬後，ギレムが通路から出てきて，ゆっくりと彼女らのほうに進んできた。彼が片手にした蠟燭がその姿を照らし出していた。彼の衣服はもう聖職者のものではなかった。シャツはランスの布地を繊細に仕立てたものだった。絹のチュニカは身体にぴたりあっており，裾は花の刺繡が施されていた。帯は細く，しなやかで，山羊のなめし革から裁断され

現代版　フラメンカ物語

ていた。斑点のある布地の帽子が彼の剃髪を隠しており，ブロンドの巻き毛しか見せてはいなかった。彼の顔はほんのりと青白く，目はくっきりと輝き，その物腰はひどく高貴なために，どんな女でもこれを目にしたら感動に震えたであろう。

——奥方よ，あなたを創造し給い，あなたに並ぶ者のないことを欲し給うた神さまが，あなたとお連れの人たちを保護されんことを。

小間使いたちは慎しみ深く，引き下がった。

——殿，とフラメンカが答えた。決して嘘をつかれず，あなたがここにいらっしゃることを欲し給うた神さまが，あなたを守り，あなたの欲求を満たし給わんことを。

——奥方，私の欲求，私の考え，私の気がかりはすべてあなたのためなのです。私はあなたに身を捧げているのですから。お受けくださるなら，この贈物をあなたのものになさるのは，私の願望をすべて叶えることになるのです。

フラメンカは騎士の手を取り，立ち上がらせた。

——殿，あなたはとても上品で，とても巧みであられるために，"愛"の権利により，あなたはずっと前から私の心を占領されてしまったのです。今となっては，私の体はあなたの楽しみのために，あなたのほうへと引っ張られているのです。

フラメンカは彼に近づき，両腕で抱き，接吻した。

ギレムのほうは，彼女を引き寄せ，抱き締め，何倍もの接吻を返した。

二人の心は溶け合った。彼らの抱擁はあまりにも濃密だったから，どんな人力をもってしてもこれを切り離すことはできなかったであろう。

——最愛の奥方よ，とギレムは愛しい耳の傍に口を近づけて言った。

第Ⅵ章　愛の温泉

あなたのために掘った道を通ってどうか私についてきてくださるのなら，敵を恐れずにすむ私の部屋に一緒に参りましょう。

——愛しの君よ。御意のままに。おっしゃったところに参りましょう。私はあなたを全身で信頼しているのです，とフラメンカは唇を開き，目もうつろなまま囁いた。

マルグリットとアリスは浴槽の縁に向かい合って座りながら，驚嘆のあまり声が出なかった。二人の小間使いは照らされた地下道を通って恋人たちの後を追うために，ようやく立ち上がった。

部屋では，二人の小間使いは片隅の刺繍されたクッションの上に座った。フラメンカはこの二人を指さして，ギレムにこう言うのだった。

——愛しの君よ，彼女らにあなたの世話をするよう頼む必要はありません。あなたのせいで私がここに居れるようになったのも，彼女らの明敏さ，彼女らの知識，彼女らの助言があってのことなのですから。

ギレムは二人の小間使いに深謝し，フラメンカをベッドに誘い，そこで両人は手を取り合いながら，並んで横たわった。

——最愛の奥方よ，私はあなたのために死ぬ思いをしてきました。でも今日，私はそのことで，あなたに感謝しているのです。一緒になるのに，私は艱難辛苦を被りました。あなたが私が誰かも知らずに私を愛してくださったのも，あなたの心が私の真心を疑わなかったからなのですね。

——麗しの殿，私はあなたが高貴な家柄の方だということをいつも信じてきました。残忍な焼餅やきの監視下で私を征服しようという大胆さをお持ちになれるのは，勇敢な騎士だけですもの。あなたはたとえ聖職者にへりくだっておられても，王国のすべての貴族や，私の一族よりも立派でいらっしゃるわ。あなたは騎士だわ，私はあなたを愛します。しかも……どなたかお名前も知らないのに。

現代版　フラメンカ物語

　ギレムはフラメンカのほうを向き，彼女を抱きしめ，自分の身体の上で揺らした。口づけの合間に，自分の冒険がどういう曲折をたどったかを彼女に物語るのだった。
　部屋では囁きや，衣擦(きぬず)れの音がした。片方は他方に長い骨折り，長い欲求をもって報いたのだった。
　互いにそっと触れ合い，軽くかすめ合い，愛撫し合い，そしてかつて誰にも起きたことのないほどのおののきでうっとりするのだった。貴婦人"愛"が身内の者たちのために認めているすべてのことを恋人たちに供したのであり，二人はそれを享受したのだが，しかし聖書が命じているようなやり方で合体したのではなかった。彼らの歓びは思う存分に語り合い，情熱をかきたて，両人の心の共通の拍子を感じるほどに大きかったから，この歓喜の後では，どれほど激しい接吻でも花の周りの葉っぱにしか過ぎなかった。
　別れるのは彼らにたいそうつらかったから，できるだけこの瞬間を遅らそうとした。さようならを五回繰り返し，毎回涙を流して抱き合った。彼らの心からこみ上げる涙水を，彼らの唇が一緒になって飲み込むのだった。愛着の証しを交わすことは考えなかった。指輪もネックレスも，たとえそれらが黄金やルビーでできていたとしても，このような愛には十分に美しくはなかったであろう。彼らが自分自身で行った贈物は，王冠のあらゆる宝石よりも貴重なものだった。最後に，ため息をつきながらギレムがフラメンカを秘密の通路に再びたどるよう誘ったとき，彼女はできる限り温泉にやってくることを約束した。彼は彼女が約束を守るだろうことを知っていた。
　小間使いたちは後ろに続き，フラメンカは道中ずっとギレムの手を握っていた。最後の口づけをしてから，床が騎士の頭上で閉ざされた。
　嫉妬深いアルシャンボーを欺くために，三人の女たちは顔や髪の毛

144

第Ⅵ章　愛の温泉

を濡らし，それから，外の鈴を動かす鎖を引っぱった。ドアはすぐ開いた。彼女らはいつものようにむだ話をすると，卿は奥方と小間使いたちに騙されているとは疑えなかった。とはいえ，荷馬車に乗る前に浴室を見回ったのだった。

八月の太陽が外壁の石灰にきらきらと輝いた。フラメンカにはブルボンの町がこれほどのどかなことはかつてなかったように思われた。物音すべてが彼女には歌に思われたし，雌鶏たちのクワックワッという声が馬の脚の間に広がり，子供たちに尻っ尾をねじられた豚のブーブー鳴く声がしたり，樽職人，鍛冶屋のハンマーの音がまるで手押し車を押している商人たちの物売りの声を覆おうとするかのように，競って弾んでいた。

アルシャンボーは妻が入浴前よりも陰気でなくなったのを見て，治ったのかい，と尋ねた。

——殿，と彼女は答えた。お湯には大きな力がありますが，別に奇跡を起こしたりはしません。私がこれを頻繁に長く毎回利用すれば，治るかもしれません。壁の上の張り紙にも，患った日数と同じぐらい入浴するようにと勧めています。私の病気が数カ月続いたことはあなたも目撃されていますね……。

——そうとも，お前。良ければ毎朝でも入浴しなさい！　これでお前に微笑みが取り戻せるなら，時間のむだにはなるまい……。でも繰り返すが，お前の頬の血色が戻るように，前よりももっと食べたまえ。日に一度儂と食卓をともにすることを受け入れなければ，もう温泉には連れてこないぞ。この点では，高慢な医者のキャロンは儂の正しいことを認めてもいるんだ。飢え死にさせてだめにするのであれば，硫黄泉に日々浸かりに行っても何になろう。

——あなた，おっしゃる通りだと思いますわ。でも，締めつけられ

現代版　フラメンカ物語

た喉にひとかけらでも飲み込ませるのは容易じゃないのですよ，とフラメンカは弁明した。
　──せめて，やってみなさい！
　──お約束します……。でも，今日はだめですわ，殿。疲れが大きくって。
　アルシャンボーはこの約束で我慢し，それ以上彼女を苦しめはしなかった……。もう城の中庭に着いていた。塔は囚人たちを待ち構えていた。

　部屋に入るなり，フラメンカは横になった。彼女の恍惚状態は大変なものだったから，瞼を閉じるや否や，ベッドの縁がどこかももはや分からなかった……。
　……ギレムが彼女に会いに再び現われた。彼は衣服を身につけていなかった。彼の体温をごく間近に感じ，彼の首の柔らかな皮膚に触れる手を彼のほうに伸ばし，それから絹のような彼の唇が開き，彼女の指の先端にそっと口づけした。
　──最愛の殿よ，と彼女は囁いた。もっと近づいて。私の肌着を脱がせて，私を抱いて頂戴。あなたに恋している侍女に気兼ねなく要求されるがいいわ。真剣な恋人の欲望を撥ねつけるのはいかさまです。"いいえ"という言葉は卑しい言葉だわ。心が"はい"と言っているときに，ごまかして"いいえ"という女性に呪いあれ。
　──奥方さま，夢を見ておいでですね，目を覚ましてください。鍵が穴に当たる音がしますよ，とマルグリットが彼女に警告した。
　フラメンカはぶるっと身震いし，目は靄がかかっていた。アルシャンボーが彼女の様子を窺いに，果物を持参してやってきたときの彼女はそんな具合だった。

第Ⅵ章　愛の温泉

——殿，と彼女は訴えた。私をそっとしておいてくださらないと，私は病気に打ち勝てませんわ……。その果物籠には感謝します。お願いですから，それをテーブルの上に置いて出て行ってくださいな。

卿はつま先立ちで退却した。このとっつきにくい男から得られるもっとも素直な調子で，すまない，と言ってドアを閉じて出て行った。

マルグリットは彼が階段を降りていると確信すると，女主人のほうに駆け寄り，嘲笑的な態度でこう言った。

——奥方さま，はばかりながら，これからはお休みになるとき猿轡をなさらねばなりませんわ。アリスと私は小間使いですし，あなたの欲望が私たちの耳に聞こえても，罪にはなりません……。でも，あの焼餅やきがこんなことを知ったとしたら……。

二人の小間使いは思わず笑い出した。フラメンカもそうしたのだが，真相を知りたがった。

——じゃ，私は寝言をいうの？　と驚いて訊いた。

——はい，奥方さま。それもたいへんおかしなやり方でです，とアリスが言った。

——で……私は何を語ったの？

——奥方さま，それは私たちよりあなたがよくご存知です。それを話すと，私たちは気恥ずかしくなりますわ，とアリスが続けた。証しが必要なのでしたら，明かしてもよろしいです。夢の中で……奥方さまはきっと起きるだろうこと……でも，まだ起きなかったことを……さも起きたかのように話されたのです。

——あなた，何ともたいしたものね！　とフラメンカが叫んだ。あなたと結婚する男はきっと幸せ者だわ！

——奥方さま，少し召し上がります？　とマルグリットが訊いた。お食事の用意はできております。

現代版　フラメンカ物語

　——今日愛(いと)しの君をこの腕に抱いたとき，十分に食ったり飲んだりしたじゃないこと？　天国では愛らしい目つき，優しい誓い，甘い愛撫，熱い接吻以外に飢えるものがあるとでも思う？　こうしたご馳走があれば，天上の神饌(マナ)がかつて砂漠の中でイスラエルの民に授かったより以上に私には満足だわ。私の食べ物は私の愛する人なのよ。私は間違っているかしら，咎められるべきかしら？
　——いいえ，奥方さま，とマルグリットが答えた。はばかりながら，神さまはあなたの騎士よりも慇懃に満ちた男の方を創られたためしはございません。こう申しては大変失礼かも知れませんが，お赦しください，アリスも私も奥方が嫉ましいのです……。
　——あなたたち二人を愛していますよ，とフラメンカは遮った。あなたたちを伴侶に持てたことを天に感謝しているのです。あなたらには何でも言えるし，いつもあなたらは私のことを分かってくれている……私の寝言までも。ねえ，あなたたち——私は夢見ていたのだけど——病気を装っても何か危ないことはないでしょう？　もしも明日，ギレムが大きなベッドの中で私の裸を見てスズメよりも細いと思ったりしたら？……あなたらの手鍋から上がっている蒸気が私の食欲をかき立てるわ。食卓に就きましょう。
　食後，犬にも豚にもくれてやるものはもう何も残らなかった。雌オオカミみたいに，彼女らはすべてを平らげたのだった。

　ギレムは日中宿屋を離れないつもりだった。ピエール・ギオンは彼の命を受けて，司祭ドン・ジュスティヌスに当人の病気が悪化したことを告げに行った。司祭は悲しんで，正午の祈禱の後で彼を助けに行こうと望んだのだが，宿屋の主人は客人が誰とも会いたがっていないので，何も気遣わないように頼みこんだ。彼は頭を下げてこう付け加

第Ⅵ章　愛の温泉

えた。
　——神父さま，今後は別の聖職者を探すことをお考えにならなければなりません。騎士はそう早くは回復しないでしょうから……。できれば二，三日後に，彼は神父さまを夕食に招待して，詳しい話をするつもりでおります。
　ドン・ジュスティヌスは息をするのを忘れて，啞然としないではおれなかった。十字架上のキリストにまなざしで絶えず問いかけるのだった——「なぜこんなことをなされるのですか？　彼を治してくださらなければ，私たち両人はもっとも熱心な聖職者の喪に服すことになりましょう。彼のような人物は馬の歩む範囲では決して見つかりません！」
　信心深い司祭は同情に値した。彼は主が貴婦人 "愛" と取り決めをしていることを知らなかった。彼女はその宮廷のために聖職者を選ぶこともあれば，いまいましい恋人を修道士にならせることもあるのだ。

　前日と同じように，アリスはまたも温泉場で，鉄の閂をドア越しに立て掛けた。
　騎士が現われるのを待ちながら，フラメンカは頭巾を取り去り，髪の毛をほどき，下着の襟を開け，衣服の下から余分の肌着を脱ぎ，それから麝香の香りのするおしろいをそっとつけた。
　彼女の準備が整う間もなくすぐに，ギレムが黄金の星印の入った紫色の絹の服で着飾って現われた。しなやかな足どりで進み出て，おじぎをし，まず初めに彼女に挨拶した。。手にしている蠟燭をマルグリットに手渡し，フラメンカに両手を差し出すと，彼女も彼に挨拶し，彼こそ彼女が所有しているすべてであり，また彼女は彼のものなのだということを誓った。ギレムはまず彼女を優しく抱擁したが，すぐに彼女を自分の身体に力強くぎゅっとたぐり寄せた。唇は待ち切れずに口

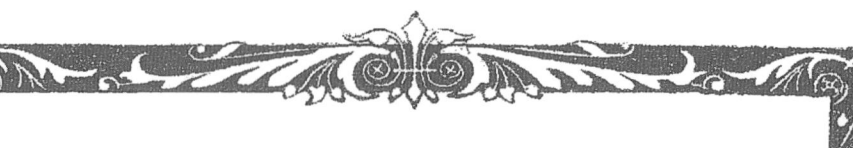

から目へ，額から頰へ，首から喉へと移動した。彼女は忠誠と感謝を囀るこの愛の小鳥のついばみを感じてうっとりとなるのだった。

　小間使いたちは地下道をたどるように誘われた。さらにいくらか接吻しながら，恋人たちは彼女らの後に続いた。ギレムは昨日考えた或ることに同意してほしい，と言った。

　──善・悪，正気・狂気を問わず，あなたの望んでおられることなら，何一つお断りしないわ，とフラメンカが約束した。あなたに喜ばしいことは私の喜びになります。

　──最愛の人よ，とギレムは公言した。私の傍には陪臣をしている，二人の育ちが良く，教養があり，礼儀正しい紳士がいるのです。彼らは間もなく騎士に任じられることになっています。よろしければ，彼らにあなたの美しさを見せてやり，あなたの声を聞かせてやりたいのですが。あなたを愛することで私が多くの苦しみ，多くの悩みを味わった間ずっと，彼らは勇気のある，同情深い伴侶でしたし，誰からも何も疑われることなく，私に仕え，私を支えてくれたのです。私の運命がこの上なく幸せになった今，彼らの運命も幸せになってもらいたいのです。あなたが頼んでくださるなら，あなたのお付きの女性たちもきっと彼らと気晴らしをしたら満足されると思うのですが……。彼らが心から愛し合うようにでもなれば，四人全員が私たちにこの上なく敬意を払ってくれるでしょう。

　──殿，それは望ましいことですわ，とフラメンカは微笑した。お好きなようになさって。侍女たちが入室することを保障しますわ。

　ギレムは彼女の両手に口づけしてから，ドアを開けに行った。ロバンとベルナルデは遠くに離れてはいなかった。主人から昨日，どうするかを告げられていたからだ。彼らは豪華に着飾って登場し，奥方の前に跪き，二人ともそれぞれ彼女にこう挨拶した。

第Ⅵ章　愛の温泉

——奥方さま，私はあなたの陪臣でございます。

フラメンカは二人を上品に迎えて，丁寧に挨拶した。彼女は銘々の片手を持ち上げ，心底から彼らを敬っていることを保障した。それから，小間使いたちを呼び寄せた。

——こちらにいらっしゃい……。こちらは二人の小間使いです。あなた方もお二人です。それぞれがお似合いのものとなれるといいわ。二つ返事で引き受けてもらいたいわ！　私があなたらに命令し，申し渡します。彼らが欲することを何でもするように，とね。

——この心づけに感謝しますわ，奥方さま。喜んでお受けします，とアリスが言った。

——奥方さま，はばかりながら，あなたに服従するのはすごく嬉しいですわ，とマルグリットが付け加えた。

すぐさまそれぞれの小間使いが籤引きすることもなく，自分の相手を選んだ。二人とも背丈も相応で，感じのよい顔つきをしていたのだ——マルグリットはロバンを，アリスはベルナルデを選んだ。「ここのきれいな部屋からは，彼女らは処女として出て行くことはあるまい！と陪臣たちは考えたのだった。」

貴婦人"青春"と貴婦人"愛"が彼らに付き添った。これは彼女らにお気に入りのゲームだったし，彼女らは何一つしくじらないようにした。貴婦人"恐怖"や貴婦人"羞恥"が掛かり合いにやってきたとしたら，これらを追っ払ったであろう。この冒険には正真正銘の歓喜があふれていたから，最後までやり遂げなかったなら，これを許した神に背くことになったであろう。

幸せな四人の遊び人たちは誓っただけの愛撫を互いに尽くした。言葉でも行動でも彼らは抱擁を繰り返した。彼らの言葉によれば，いつまでも忠実な，好意にあふれた愛人でいるだろうし，結婚するだろう

現代版　フラメンカ物語

し，永遠の完全な至福を味わうであろう。実はそのとき，彼らは何にも束縛されない生後三十カ月の若駒のように心から楽しんだのだった。快楽の野原を前足で足踏みしたり，後脚で蹴ったり，ギャロップで駆けたりし，息を切らしたり，玉の汗を浮かべたりして存分に楽しんだのである。

　ギレムの部屋の中では，抱擁，忘我のため息の音楽，あまりにも長く抑えられたためにもう何もこらえ切れなくなった叫びの合唱しかなかった。フラメンカと騎士はお互いの締め付けでしばしば死にかけては，生き返るのだった。

　「ねえ，僕の生命を引き止めて……」とギレムはほざくのだった。「あなたなしでは，もうわたしは生きられない……」，と最愛の相手がこだまを返した。貴婦人“愛”は絶対の歓びを与えたし，神は罪を赦（ゆる）し給うた……。神の仁愛は無限なのだ。

　ギレムとフラメンカは毎日，愛の温泉に浸かり，そのため彼らの病気はすっかり治ってしまった。

　騎士は焼餅やきとすれ違わないように，もうミサには出掛けなかった。新しい聖職者がフラメンカに《接吻牌》を差し出したのだが，聖体皿はもう香りがしなかったし，「詩編」はもう味気なかった。

　アルシャンボーは彼女が自分と一緒に夕食を取ることに同意して以後，体調が良いことが分かったが，困ったことに，彼女は食べるために黙りこくっているか，彼女の機嫌を取ろうとすると冷たくあしらうのだった。彼は今でも焼餅を焼いていたとはいえ，怒りの炎は消えていた。むしろ彼のほうが愛撫しようとするとき，奥方の敵意のこもった目つきを恐れたのである。彼はもうかつてのように，彼女を強制する気分になれなかったのだった。

第Ⅵ章　愛の温泉

　フラメンカは依然として囚われの身ではあったが，ゲームを支配していた。ギレムをたいそう愛していたし，彼によく会っていたから，彼女は最悪の龍退治をやり遂げられると思っていた。彼女はサン＝ミッシェル〔ミカエル。大天使〕をもサン＝ジョルジュ〔ゲオルギウス（4世紀）。リュディアで龍を退治した〕をも胸に秘めていたのだ。制約は彼女にとっては，羽根よりも軽かった。毎日，彼女は地上でこのような素敵な滞在をさせてくれる貴婦人"愛"に感謝した。これほど生活をエンジョイしたことはかつてなかったのだ……。

第Ⅶ章　どんでん返し

　……こんな生活は11月末日まで，四カ月続いた。
　聖アンデレ祭のために，正午になって，沸騰している効き目のある早朝の温泉をたっぷりと浴びてから，フラメンカは昼食に赴くために夫の部屋のドアをノックした。
　アガトが開けに出てきた。階段で，この受付担当修道女は，ご主人が遅刻されますから，少し辛抱するように頼んだ。「ご主人はびっくりさせたがっておられます」，と彼女は少し微笑しながら言った。
　「あの意地悪男がどうやって私を驚かせるというの？　とフラメンカは思った。何か新たな拷問でもたくらんでいるのかしら？」
　彼女はワインを自分で注いで，さらにもう一杯飲んでいた。彼女のカップが空になると，やっと隣の部屋から卿が赤い花の刺繡入りの白チュニカと，同じ色のズボンをはき，頭はアーミンの縁取りの付いた帽子をかぶって出てきた。彼の顎はすべすべしており，髪の毛は琥珀のパウダーがつけられていた。
　フラメンカはワインの残りを一気に飲んだ。彼女に近づき，挨拶のために床に跪いた卿はもちろん，アルシャンボーだった。彼女はこのお世辞を何も聞こうとはせず，彼女は耳鳴りがした。あまりにも驚きが大きかったため，失神しそうだった。彼女が気を取り直して，夫に立ち上がるよう頼むには，しばらく待たねばならなかった。
　アルシャンボーは自分で生じさせた効果に満足して，にっこり笑った。彼女の面前に座り，じっと眺めてから，優しい調子で話しかけた。

第Ⅶ章　どんでん返し

——奥方よ，ずいぶん長らくそなたは儂を軽蔑してきたし，そなたの誇りは儂を殺したし，そなたへの義務をすっかり怠ってきたけれど，誓って言うが，儂が苦しんだのも，元はというと儂のせいなんだ。

フラメンカは夢のせいで分別を無くしたのか，それともワインのせいなのかもはや分からずに，この言葉を聞いていた……。

——儂の焼餅のせいで，と卿は続けた。そなたを犠牲にしてしまった。どんな聖女でもそなたが蒙ったことには耐えられなかったろう。死ぬほうが苦痛よりも耐えられるものだよ。儂はそなたを迫害し，攻撃し，儂というおぞましい人間で汚してしまった。儂はそなたの前，神さまの前でへりくだって，このことを悔いているのです。儂はとても赦してはもらえないし，儂が行ってきた悪事，そなたの青春を犠牲にさせた呪わしい年月を償うのには，儂の一生をかけても十分ではあるまい。

フラメンカは冷たい態度を取り続けたかったのではあるが，この痛悔の祈願に心を動かされずにはおれなかった。そこに黙って，両手をテーブルの上で交差させたまま，一見平静なように見えたが，実はそうではなかった。アルシャンボーの目，彼が発した言葉は，彼女が忘れていた好意を回復させたのだった。

——最愛の奥方よ，そなたが光明に戻る時機が到来したのです。光明がかつてなしたことがないくらいそなたの美しさを引き立てんことを。貴婦人 "変化" がそなたを儂に授けて，許された特権を，光明が世間に示されんことを。

アルシャンボーの睫毛(まつげ)の端には涙がこぼれた。

——どんな夫でもこれほど幸せ者はいなかった。どんな焼餅やきでも，これほど無様なことはなかった！……

彼は打ち傷をつくるために激しく拳(こぶし)でテーブルの上を叩き，それか

現代版　フラメンカ物語

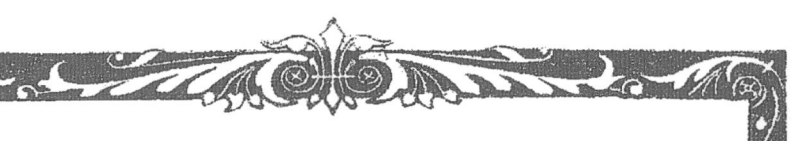

ら立ち上がった。涙が頬を伝って流れた。ゆっくりと妻の傍に近づいた。一瞬，彼女の前に立ち止まってから，ふいに彼女の両足に身を投げ出し，熱烈に両足に接吻した。身体は鞭打ちを待つ苦行者みたいに床に投げ出したままだった。嗚咽で激しく身体を揺り動かしたため，ため息はあえぎと化した。最後に頭を上げたときには，顔は涙でくしゃくしゃになっており，口からは痛々しげに叫びが洩れた。

　──フラメンカ，愛しているよ……。

　この誓いが彼の心の底から燠のようにほとばしり出た。従順なその目は哀れみの印を求めていた。アルシャンボーはそのようなものを何も期待してはいけないことは十分承知していた。自分が赦しに値しないと先にも言ったではなかったか？　フラメンカは口をつぐんだ。彼はたとえ最低の罵詈雑言を浴びるだけであったとしても，彼女に発言してほしかったであろう。彼女が彼の顔に唾を吐いたとしても，彼は手を上げはしなかったろう。ひょっとしてそれを願っていたのかも？　過ぎゆく時間は地中のすべての鉛のように重かった。そのとき感じた大きな不幸や羞恥を表明する義務がはたしてあったのか？　彼は神が助けにやってきて，妻に赦すよう鼓舞してくださることを願った。

　フラメンカは口を閉ざしたまま，一瞥も与えないでテーブルから離れた。アルシャンボーは彼女を引き止めようとはしなかった。やっとの思いで再び立ち上がり，部屋のなかを行ったり来たりした。彼女が赦しを拒んで，塔の中に閉じ籠もり，そこから出ようとはしなくなったら，もう何ができるというのか？

　翌日，フラメンカはできるだけ早く，温泉に出かけるための準備をした。その顔色は瀕死の人のように青白かった。一晩中，眠らなかったのだ。就寝の前に，小間使いたちはたくさん質問したのだが，彼女

156

第Ⅶ章　どんでん返し

は一言も答えず，蠟燭を消し，眠った振りをしたのだった。夜中に，彼女は貴婦人"愛"と貴婦人"慇懃"に，自分の心の中に降りてきてくれるよう懇願した。二人の友はこれを聞き入れて，やってきた。彼女はすべてを打ち明けた。今回は，何でも回答する貴婦人たちは当惑の態度を示した。「そのようなどんでん返し，これほど深い信念，これほど真剣な後悔は，神が欲したもうたものでしかあり得ません。神は欲されたのです，と貴婦人たちは言うのだった。アルシャンボーは今日までの嫉妬の罪の償いをしているのです。神は罰が成就されたと考えておられるのです。神のお思し召しに背くことはできません。神の御意志はフラメンカを武勇の誉れ高いギレムのために引き止めることではなかったですか？　神は君臨しておられるし，神には譲歩しなくてはならないのです……。でも……神は私たちのゲームの掟を破られるのです。それでも，私たちは神の掟の裏をかいたりはできないでしょう」。

　朝課の鐘まで，たぶん賛課の鐘までは，フラメンカの心は口論で満たされていたに違いない。夫がまたも最愛の妻として彼女を扱っているときに，彼女は彼から解放されることができるのか？　焼餅やきでいることを望んでいるときに，焼餅やきでいるかいないかの選択を夫はなぜしたのか？　彼女は即座に夫の選択に順応しなくてはならないというのか？

　温泉への途上，荷馬車では一人の男が彼女の傍に座った。小間使いたちには彼が見えなかった。

　——人びとから私は"名誉"の殿と呼ばれています。昨晩，口論から遠ざけられたのは遺憾ですな，と彼は始めた。あなたの決心はまだなされていませんね。あなたは恋人が助けてくれることをお望みですか？　彼はあなたの心をかぐわしくするでしょうが，あなたの解放は

現代版　フラメンカ物語

　あなたの羞恥のせいで不可能になるでしょう。今朝，あなたの部屋の扉が開いているのを見なかったのですか？　あの焼餅やきを連れないで温泉に赴いたりはしないでしょうね？　奥方よ，かつてはご主人を欺いてあなたがなさった罪もあなたの不幸で許されてきましたが，今となっては，もしお聴きにならないのなら，あなたに後悔を放つことにしますよ。この後悔に比べれば，地獄の番犬でさえ子犬に過ぎません。このことを信用されるなら，あなた自身と私に誓ってください，あなたの恋人に今晩旅立つよう命令することを。
　フラメンカは諦めて受け入れたようだ。彼女の頭は誓う決心をしたが，彼女の心は誓いに背いていた。「愛というものはたった短刀の一撃だけで——たとえそれが名誉の短刀であれ——滅びるものじゃないわ，と彼女は考えた。でも，これからギレムを彼の部屋の中に引き籠もらせたままにしておいて，私のほうは太陽の下に生き，しかも，アルシャンボーの制裁をもう恐れないで私に求愛しに言い寄ってくる良質の騎士たちの甘言を受け入れたりすることが，どうしてできようか？」勇敢にも彼女は決断を下したのだった。「ギレムは旅立つべきだわ……。」彼女は小間使いたちに今日はそれぞれの恋人を当分再会できまいから，できるだけしっかり抱擁するように勧めた。彼女らがすっかり動揺したため，彼女はいきさつをすっかり彼女らに語らねばならなかった。マルグリットもアリスも嗚咽を抑えられず，フラメンカのほうも今度は自分が泣き崩れないように全力を尽くした。ギレムに，これほど苦しみに打ちのめされた姿を見せてはならなかった。彼がそれを見たら，同情を言いわけに立ち去るのを拒んだであろうからだ。恋する騎士なら，これほど愛と慰めを必要としている奥方を見捨てたりするだろうか？

第Ⅶ章　どんでん返し

　フラメンカは強固な姿を見せて，恋人と交わした初めの接吻は四カ月以来惜しみなく与えてきたすべての接吻に似ていた。ギレムは女王のような彼女のために気配りの冠を編んだ。彼が口に触れて楽しむ間もなく，残酷な宣告がそこから下ったのだった。彼は最愛の人の青白い顔に注目さえしていなかった。
　貴婦人"愛"が熱中している男女が彼女の技から望みうるだけの快楽を二人にもたらした後で，恋人たちは銘々が相手のことを思いやりながら，静かに休憩した。フラメンカは自分で宿命的な告白を必ずやり遂げることは承知していたのだが，それを遅らせるのだった……。彼女はギレムの息に耳を傾けるために自分の息をこらえた。これまで歓喜で満たしてくれた人，彼女が愛しており，世の終わりまでも愛するであろう人を，永久に失うことがはたしてできるのか？
　騎士はどうやら彼女の考えを理解したらしかった。向き直り，彼女のほうに身を乗り出して，器用な両手で新たな浮かれ騒ぎに彼女を招いた。彼女の目は曇った。どうしても話さなければならない。これは避けられないのだ。彼女は身を起こし，座り直し，それからゆっくりとアルシャンボーのどんでん返しの話をし，彼女が今後歩むべき生活を彼に語り，そして最後にこう付け加えた。
　――わが殿ギレムよ，今晩ブルボンを立ち去ってくださいな。私はもうここにはこれないでしょう。出発なさい，あなたの城にお帰りなさい……。
　騎士は遮ろうとしたが，彼女は最後まで聞いてくれるよう目で嘆願した。彼が干渉したならば，彼女の言葉は気まずくなり，彼女はとても口に出せはしなくなったであろう。
　――ねえ，ギレム，私は公正にそう行動しなくちゃなりません。恋人は聞き入れないとしても，あなたのような武勇の誉れ高い騎士なら，

現代版　フラメンカ物語

私の言うことを分かってくださるわね。
　──でも、僕たちは再会するのでしょうね？　とギレムはこらえ切れずに尋ねた。
　──もちろん、と彼女は答えた。次の復活祭に。毎年アルシャンボーはこの季節になると、王国のすべての卿たちを呼び寄せるのです。あなたもいらっしゃい。最愛のあなた、いいですか、あなたの旅は徒労にはならないでしょうよ。よろしければ、その時分になったら、才能があり、口の堅い巡礼者、ジョングルールとか、商人に頼んで、メッセージを私に寄こしてくださいな。
　──キリストの血にかけて！……フラメンカ！　あなたは僕を見捨てた上に、と彼は叫んだ。しかもあなたにメッセージを伝えなくちゃならないとは！　こんな旅程は真っ平だ！　最愛の奥方よ、どうして涙も流さずに僕を死刑に処することがあなたにはできるのですか？　あなたは僕を短刀で突き刺す瞬間に、僕に熱い接吻を浴びせ、愛の言葉で僕を有頂天にしたではないですか？
　彼の目は興奮し、唇はわなわなとおののき、両手は震え、声は砕けていた。
　──奥方、これはひどい裏切りじゃありませんか？　僕はもうこの先、生きてはいけません……。
　──お黙りになって、お黙りになって……、とフラメンカは懇願した。あなたの怒りで、私の不幸の重荷を増大させないでくださいな。最愛のギレムよ、あなたが死んだなら、私も死にます。
　突如、ギレムは困惑のあまり、蒼白になり、意識を失い、頭はフラメンカの両腕の前でだらりと垂れてしまった。彼女は途方に暮れてしまい……なすすべを知らなかった……人を呼んだら、部外者に秘密を摑まれる危険はあるまいか？　彼女は神やあらゆる聖人たちの加護を

第Ⅶ章　どんでん返し

祈った……。ギレムはびくともしなかった。彼は喉を苦しめながら，やっと息をしているだけだった……。絶望して，彼女がさんざん泣いたために，涙が最愛の人の顔の上に振りかかった。ギレムはこの涙の熱さで生き返ったようだ。少しずつ，目覚めていき，彼は一世紀も眠ったように思った。やっと顔を上げることができたとき，自分の上には，かつて誰も出会ったことがないほど愛で潤んだ目を発見したのだった。

——ああ……，と彼はひどく低い声で言った。ああ神さま……お赦しください，僕の奥方も。

フラメンカは彼の髪の毛を熱のこもった手で愛撫した。

——僕は最愛の奥方にはふさわしくありません……，と彼は弱々しく続けた。

「おお，この世に愛される値打ちのある騎士が存在するとしたら，それはこの方だわ，と彼女は思った。運命は不当だわ。私を手に入れるために犠牲を払った後で，この人はこうしてさらに大きな犠牲を受け入れざるを得なくさせられているのだもの。恥ずかしいことに，私の打撃を誤解し，気絶してしまった……。でも，女性が最愛の人の失神をどのように受け入れるかは彼は絶対に分かるまいし，貴婦人"愛"本人もそのことはご存じないのだわ。」

——愛しい君よ，とフラメンカはつぶやいた。愛する殿よ，復活祭は来年はすぐにやってきますわ。四カ月たっぷり，私たちは享受しました。四カ月たっぷり私たちは悲しむことにしましょう。運命がそう望んでいるのです。でも，私たちの再会の鐘はやがて鳴りますわ。時間は十字軍のそれほど長くはないことよ。

——それをやらなければならないとしたら，僕はイェルサレムにまで行きます。そして，復活祭がくる前に聖十字架の木をあなたの許に持ち帰ります。もう僕たちがこれなくなるこの部屋を離れるのは，命

161

現代版　フラメンカ物語

に値いするほど僕にはつらいことなのです。忠義のしるしに，僕たちのハートを交換しましょう。
　彼は彼女の唇に口づけをし，右手を自分の胸から彼女の胸へと移動させた。
　——僕のハートをあなたにお任せします。そして，あなたのハートを受け取ります。僕を生かせてくれるでしょうから。
　フラメンカもその行為と文句を繰り返した。それからこう言うのだった。
　——毎月，空を眺めながら，私のために祈ると約束してください。私も同じようにしますから。
　——移ろいゆくそれぞれの星に向かって，僕はあなたのために誓いをしっかり結びつけます。
　二人は抱き合い，長々と横たわり，手足を交差させて合体し，貴婦人 "青春" と貴婦人 "愛" を同時に敬ったのだった。

　荷馬車で戻ると，城の中庭でアルシャンボーは奥方が降りるのを急いで手伝った。優しい言葉を掛けてきた。小間使いたちは毎日のように大籠を塔に持ち上げるべきかどうかと尋ねた。アルシャンボーは答えた。
　——奥方が命じてくれるよ。
　——何もしないでよいわ。今日はみんなで部屋替えをする予定だから。
　卿はこの言葉を聞いて，物見高い下女たちのことを気にもかけないで跪いて，フラメンカの両手に口づけした。彼女は素早く立ち上がらせて，自分と一緒に入るように促した。
　——さあ，と彼女は要求した。私たちのほうに向いている十字架に

162

第Ⅶ章　どんでん返し

手を置いて，誓ってくださいな。もう決して疑い深くならないこと，他人の目が私に甘く注がれても決して腹を立てないこと，私たちの結婚の初日にそうだったように，礼儀正しく騎士らしくすることを。そして，もしも貴婦人 "嫉妬" に襲われるようなことになったとしたら，あなたに雷を落とすように，キリストにお願いして頂戴。

アルシャンボーはこれらのことをすべて，しかもそれ以上のことをも誓った。かくも忠実な妻の傍でこのように約束することを，彼よりも幸せに思った男はこの世でほかにはいなかった。

――私の手のひらに触ってください，とフラメンカは要求した。私としては，塔のように……身を慎むことをお約束しますわ。

そのときから，アルシャンボーはフラメンカの傍に城主領地のもっとも愛らしい貴婦人たちを呼び寄せたり，騎士たちには大鐘を，市民たちには吊り鐘を，農民たちには鐘楼を鳴らさせたりした。彼は年に一回，この日を祝うように望んで，彼らがこの習慣に加わるようにと招待したのである。みんなは封主が上流社会の作法に復帰したことを祝うと，喜んで約束した。彼らは気前よく領主が気の利いた数々の言葉や，音楽や，軽業でもてなしてくれたり，新たな封地を与えてくれたりしたことに感謝した。

各人は好きなように奥方のご機嫌をとることができたし，騎士たちはそんなことばかりするのだった。彼らは次々と奥方に接近するという恩恵を所望した。彼女に見えるだけのことが一つの特権だったのだ。彼女は精いっぱいの微笑をつくった。

晩には彼女はかなりぐったりして，部屋に閉じ籠もり，窓から空を眺め，ヌヴェールへとギャロップで駆けて行くギレムの殿のことを思うのだった。

現代版　フラメンカ物語

　この騎士は約束を守った。宿屋主人，ベルピル，ドン・ジュスティヌスにはたっぷりと贈物を与えた上で，彼らに別れを告げてから，騎士はロバンやベルナルデと同じように，メランコリックになりながらも鞍にまたがったのである。
　ヌヴェールの町では，一つの叫びしかなかった。
　──殿が戻られたぞ！
　彼が城に戻ることを人びとは切望していた。
　弟のラウルが，彼の留守中に権力を悪用していたのだ。手綱を引き過ぎて，馬の口を傷つけていたのである。農奴，フランク族，聖職者，封臣はそれぞれの収穫，通貨(ドゥニエ)，礼拝堂，城館に，よりよき運命を待っていた。一カ月も経たぬうちに，ギレムは人びとが弟に洩らしていたあらゆる不満を篩にかけた。然るべき人びとの真価を正当に認めて，裁かれていた人たちと同族の総会に助言を求めたりした。
　賢明に統治し，毎日ヌヴェールの民全員から尊敬と愛着の証しを享受したとはいえ，彼はベルナルデに，ブルボンから離れたところでの絶えざる日々の経過をこぼすのだった。
　トルバドゥールはそれを歌に詠んだ。
　「最愛の人から遠く離れて
　　たくさんの時間が続くことよ
　　むしろ甲冑を身につけて
　　戦争に出掛けるほうがまし……。」
　ベルナルデはそのとき，フランス王がフランドルという，いつも立ち上がる好戦国に戦うための兵を挙げたこと，そして，ブヴィーヌでの敗北がこの国にひどく耐えがたかったにもかかわらず，この国が理性に屈しなかったことを全然知らなかった。
　ギレムは国王を助けにきてくれというパリからの使者を慰めとして

第Ⅶ章　どんでん返し

　受け入れた。すぐさま彼は従士に鞍を置かせた。指揮を執る300名の騎士たちの先頭に立って，彼は王国の敵を攻撃しに出征した。
　一月から五月にかけて，彼は戦闘に忙殺された。彼の偉業は輝かしかったし，手柄は著しかったから，野営地の夕食後の団欒^{だんらん}では，彼の勇気は広く知れ渡るようになった。
　国王の勝利の半分は彼に負うていた。フランドル人たちが屈服した最後の日に，国王の軍隊は半里の円形配置に就いていた。国王はその勝利を神に感謝し，家臣たちにはその果敢さを感謝してから，騎士道賞を授与した。集結していたどの騎士もギレムの運命を疑わなかった。陛下が彼の名を呼び上げると，「国王万歳，ヌヴェール万歳！」の大合唱が天にこだました。
　ギレムは陛下の許に近づき，馬から降りて，お辞儀した。国王は彼に感謝し，もう一度馬に乗るように頼んだ。二人とも馬の速歩でパレードを行い，連隊の各人に栄誉を施すために一周した。
　——ヌヴェールの殿よ，称えられんことを，と国王は彼に打ち明けた。余が授ける月桂冠を羨ましがらずにおられたのは初めてのことだ。この盛名は汝の下臣，汝の家，汝の奥方に到達することであろう。
　——陛下，私は結婚しておりません。
　——汝は若いのだから，さもありなん……。余の宮廷に伺候してみては？　汝なら高い貴族の心の持ち主を一人以上打ち負かせるだろう。
　——陛下，私めは囚人でございます。でもはばかりながら，私が何者かは申し上げかねます。
　——貴婦人 "変化" が，ヌヴェール，汝を鍾愛しているのだ……。だから，汝の領地の外で狩りをし給え，もし打ち明けられないのならば。ここは素敵な場所のままだぞ！　余には残念ながら，妃が老いるにつれて，だんだんと嫉妬深くなっており，余は彼女の爪を免れるの

165

現代版　フラメンカ物語

にひどく苦労しているが，コルセットを外させることができれば，余には面白いゲームになろう。

儀式の後で，ギレムは国王に別れを告げ，それから彼が指揮を執った騎士たち一人一人に挨拶した。みんながヌヴェールに招かれて，褒美をもらい，ご馳走を食べ，そして樽入りワインが空になるまで自らの武勲を互いに語り合った。それから，彼は出発し，自分の領地を治めに去って行ったのである。

フランドル戦争から戻ると，ギー・ド・ヌムール——フラメンカの父——はアルシャンボーが焼餅やき病から治ったことを知った。娘にひどく会いたかったものだから，城には一日しか休息しないで，できるだけ早くブルボンに到着した。

フラメンカは父を抱擁し，当然のことながら熱烈に迎えた。だが，彼女の心の底には遺恨が残っていた。最愛の父は娘を結婚させるためにアルシャンボーの傍にしばしば姿を現わしたくせに，彼女を塔から解放するために彼に立ち向かおうという意志はそれほど持たなかったのだ。それでも，ドン・ジュスティヌスは彼女の不幸について父親に様子を知らせ続けていた。当時の慣習に従い，フラメンカはいかなる場合にもにこやかな顔を示すようにしつけられていたから，父親は何も気づかなかったのだ。アルシャンボーも同様に，彼女の愛想のよい様子に思い違いをしていたのだった。

夜食の折に，ギー・ド・ヌムールは国王の軍事行動を語ってきかせた。ギレム・ド・ヌヴェールを讃美した。彼と友人になり，彼とともに過酷な戦闘に際してテントの下で話し合ったことを伝えた。

——私より先に彼に会われたのですから，とアルシャンボーが要求した。どうか復活祭の私の馬上試合に臨席してくださるよう彼にお願

第Ⅶ章　どんでん返し

いしていただけませんか。フランス第一の騎士が欠落するのを望みませんので。

——婿殿，私が勧めれば彼はきっと参加するでしょう。彼はドイツからスペインにかけて最も人気のある騎馬槍試合で勝利した，と私に話していました。私の助言を聞いて，彼の野営地へ出発してください！彼は五月中旬にブラバン公の馬上槍試合で戦うことになっています。場所はルーヴァンで……貴殿の戸口から少々離れているけれど，競技場のこのチャンピオンをご覧になりたければ，この旅もわずらわしくはないはずです。息子のジョスランも四日以内に出発することになっていますし……。

——明日にも私の第一陪臣ロベール殿をブラバン公に遣わして，私を競争相手の一人に加えるよう依頼することにします。私の義弟ジョスランにはヌムールで私を待ってもらい，彼と一緒に参ることにします。私は久しい以前から槍を取ってきましたから，この騎馬槍試合は私に有利となることでしょう。戻ったら，家の者たちに私がうまくやり遂げたことを見せてやるつもりです。

フラメンカは夫に付き添うよう促されたが，すぐ痛風の発作にかかった振りをして，温泉に行くことを求め，この旅を避けた……。ルーヴァンに行っても彼女が朝から晩まで願いを傾けた人を両腕に抱き締められないというのは，彼女が蒙りたくない責め苦だったからだ。

ブラバン公の許に到着してからすぐに，アルシャンボーは彼の前に出頭し，挨拶し，見事になめされたハンガリーの革を装着した白馬を一頭，彼に献じた。それから，ギレム・ド・ヌヴェールの宿を訪ねた。すぐさま彼に会いたいと望んでいた。

ロバンは主人に，ブルボンのアルシャンボーが話したがっているこ

とを知らせた。ギレムは敵意を含んだ笑いを抑え，モゼル酒の酒壺を一緒になって打ち砕いた騒々しい騎士たちから離れて，ロバンの後に続いてアルシャンボーの待っているホールへ向かった。アルシャンボーは何度もお世辞を繰り返し，ギレムの傍で戦う特権を得たいのですが，とへり下って言った。ギレムは同じような愛想良さを彼に振りまいてから，仲間の傍に彼を連れて行って欲しいこと，そしてみんなにはアルシャンボーが仲間だと告げること，明日の手柄では彼の優勝杯を高く掲げること，という彼のすべての要求を受け入れたのだった。

　——数々のご気遣いを賜った以上は，儂と一緒に馬に乗ってくださるように説得しなくてはなるまいな，とギレムはロバンに囁いた。次の馬上槍試合では彼との面識を有効に利用しよう。彼は奥方が私の求愛をかき立てるのを好意的に見るだろうな。

　さらに彼は笑いながら付け加えた……儂の知るかぎり，アルシャンボー卿は無骨な騎馬槍試合の選手だ。当方の姻族でこれほど勇気のない者は居るまいて。

　アルシャンボーとギレムは上流社会での雄々しい一週間を過ごした。参列者は盾の上での武器の喧噪のことを幾年も憶えていることだろう。ベルナルデが敗者たちをからかって言っているように，

「胴衣、鎖帷子、鎧下も
三つボタン以上に彼らを守ってはくれなかった。」

　出発の前々日は，ブラバン公とその食事仲間たちが貴婦人"奢侈"を祝うために貴婦人"慇懃"に廊下でやらせた夕食後の大騒ぎから離れて，この遊びを楽しまなかったギレムとアルシャンボーは夜の中を散歩に出かけた。

　ブルボン卿は自分の奥方を楽しませなくてはならないときにもったいぶった態度を取りたかったので，麻くずに火をつけるようなこうい

第Ⅶ章　どんでん返し

う挨拶を韻文化する術を知ろうと欲した。
　——卿，貴殿は友人でいらっしゃいますから，とギレムは打ち明けた。お助けしたいと存じます。貴殿と別れしなに，私の最愛の方への"挨拶"を私は書かなくてはなりません。私はその写しを貴殿にお渡ししましょう……。
　アルシャンボーは騎士の両肩の上に手を置いた。騎士がもっとも心のこもった恋愛詩を手渡しながら心の秘密を打ち明けたために，アルシャンボーはひどく感動したのだった。
　アルシャンボーは彼に永遠(とわ)の友情と忠誠を誓ったのである。

第Ⅷ章　神に感謝を

　ギレムはブラバンで勝利し，ヌヴェールに戻る際に，復活祭にはアルシャンボーの町で騎馬槍試合をしに行くことを彼に約束した。
　六日間馬にまたがっていて，ズボンは日焼けし，長靴下は泥まみれになりながらも，万事について注釈するだけの時間は与えられた。トルバドゥールは主人が祝詞を作文したり，それを絵で飾ったりするのを手伝いながら，一休みするよう要求した。
　――殿，昨日より私はこんな質問への答えを探しています――殿は疑惑を遠ざけるために，どうしてコンピエーニュとかアミアンの奥方ではなくて，ボーモンの奥方を選ばれたりしたのですか？
　すると，騎士は頬を軽く叩いて，機嫌よく笑いながら，彼をからかってこう言った。
　――ベルナルデや，君の頭は道のほこりで鈍ったのかい？　もしもブルボン卿が関心を示したりしたなら……すぐに万事休すということになろうよ。だって，ボーモンの人びとなら，僕でもそのうちの十人は識っているし，この王国の中に三十人は見つかるはずだからな。
　――殿，それは悪賢いですね。はばかりながら，貴婦人"愛"が殿の心を打ってこの方，殿はひどくしたたかになられましたな。殿のような，偉い聖職者以上に宗教教育を受けた善良なクリスチャンが，傷をつけ，嘘をつき，騙し，四旬節に罪を犯したりしても，何らのダメージも受けずにおられるとは……。
　――ベルナルデ，それは言わないことにしようよ，とギレムが文句

第Ⅷ章　神に感謝を

を言った。まさか儂の後をずっと付けてきたのではあるまいな？……それに君も言うように，儂は罪人なのに，何も知らずにいるのかもな？　神様だけが裁判官なのだ。神さまは儂が愛すること，そして儂が愛されることを欲されたのだ。母から生まれた男に，生涯をこのお勤めに捧げるよう促すことができる，これ以上のいかなる理由があろうか？　愛することは，つまり，神を愛するということなんだよ。

　善良な司祭たちなら君にこう打ち明けるだろう——神に仕えるためには，ときどき嘘をつかねばならぬ，と。焼餅やきを裏切ることにより，儂は神に二重の奉仕をしたんだ。儂は嫉妬は大罪なのだから神の仇を討ったのだし，しかも，儂の愛の純粋さにより，神に対して身を慎んだ。これこそ信心深い立派な騎士としての生き方ではないかね？

　——そうしてみると，私は咎めるべきことが何も見つかりません，とベルナルデはおずおずと告白した。でも，ベルナルデにはこの話には論理の飛躍が隠されていると考えずにはおれなかった。非の打ちどころがないように，ギレムの有利なようにあまりにもねじ曲げ過ぎているように思われたのである。

　——君はどんな罰を恐れているのかい？　と騎士は彼が考え込んでいるのを見ながら，尋ねるのだった。トルバドゥールの君こそ，同僚たちと，一緒に毎日歌い上げてはいないのかい？——愛が掟に立ち向かうように神は為し給う，とな。

　今度はベルナルデは本当に口をつぐんだ。ギレムがこの鋭いけんもほろろの後で，出発するよう命じたとき，立腹することなく我慢したのだった。外見を取りつくろうことは苛立ちを救う防止策となるものである。

　フラメンカはアルシャンボーを歓迎した。彼は疲れていたにもかか

現代版　フラメンカ物語

わらず，入念に顔を洗い，盛装してから，彼女の両手に口づけしに行き，彼女の健康状態を尋ね，また，彼女がルーヴァンに行かなかったこと，もう二度と彼が独りでは出発したくないこと，彼女がいなくてひどく寂しかったこと……が残念だと彼女に伝えた。

　こうした気配りの後で，小間使いたちは飲み物を出してから，女主人の近くのクッションの上に座って，卿の話をしきりに聞きたがった。アルシャンボーはいくつもの章立ての馬上試合の年代記を陽気に語った。彼は今度の旅にもっとも価値を与えたものを最後に取っておいた。ヌヴェール卿との出会いの件である。ギレムに対しての彼の自己満足を報告するのには，十人の語り手でも十分ではなかったろう。騎士たる者が備えているべきあらゆる才能，あらゆる資質を，アルシャンボーはギレムに与えたのだ。ギレムを識らぬ者であるかのように装って，アリスがアルシャンボーを遮るためには，彼女に大変な無作法が必要だった。

　——殿，その騎士さんは結婚されているのですか，それとも恋しておられるのですか？　噂では，こういう殿方たちは貴婦人"自然"によって備えがふんだんになされているために，傲慢であって，貴婦人たちとの同席や求愛を軽蔑なさっているとのことですが。

　——これほど馬鹿げたことは聞いたためしがないな，とアルシャンボーは叫んだ。彼は神にかけて，間違いなく恋しているし，彼を征服した貴婦人こそ祝福されよう。彼の運命を嫉む者がいるのも合点がいく。もし私を信用しないのなら，無礼な小娘よ，彼が最愛の人に送った祝詞を私は持っているんだ。彼は友情から私にそれのコピーをくれたんだよ。恥じらいもなく告白するが，私はこれにより，どうやって愛さなければならないかについて多くのことを学んだんだよ。お前がこれを読んだなら，腕白娘よ，彼のお気に入りになっていないことを

第Ⅷ章　神に感謝を

お前はひどく後悔するだろうよ。
　彼は羊皮紙の巻物を彼女に差し出し，それから，彼女が手を伸ばすとそれを引っ込めた。
　——報酬なしでこれを渡すわけにはいかぬ……と彼は言った。
　——殿，あなたは私に対してあらゆる力をお持ちです。この私に何を賭けられましょう？
　——へっ，へっ……。
　すると，フラメンカがこの遊びに加わり，言い放った。
　——殿，私の目の前でアリスに求愛されておられるようですが，この私が彼女に対する権利を握っていたのではないでしょうか？
　——奥方よ，その嫉妬は気に入った。それには気をよくしたよ。さあ，これがその祝詞だ。実はそなたに宛てたものなのだ……。そなたから何か報酬は望めるかな？
　——けっこうですわ，後で明かしましょう，とフラメンカは微笑しながら，約束した。あなたが詩をこのお城の中に持ってこられるのはずいぶん珍しいことです。でも，この報酬のためにそれ以上のことをお願いしてもよろしいでしょうか？　あなたはこの詩句をお読みになって，よくご存知なのですから，大声でそれをおっしゃってください。トルバドゥールになり代わり，言葉を切り離し，押韻をつけてくださいな。そうしたら，私たちはみんな同時に満足しますわ。これは有利な取引ではありませんこと？　たった一つの功績のために三人の美女が勢ぞろいしているのですもの！
　マルグリットとアリスはいたずらっぽく笑った。アルシャンボーは自分がからかわれているのか，それとも彼女らの願望に従うべきなのか，もはや分からなかった。彼はためらってから，立ち上がり，巻物を広げた。

現代版　フラメンカ物語

　――「世界一美しい奥方に敬礼」……と彼は始めた。これはボーモンの奥方のことなのだが、書かれたことではなくて、ヌヴェールが私に告白したことなのだ。けれども、彼の献辞に背いて言うと、世界一美しい奥方とは、愛しいそなたのことなのだよ。
　フラメンカは感謝の印に頭を動かした。それから彼は朗読を始め、彼女のもの憂げな興奮を自分に向けられたものと受け取って、彼女を魅了して楽しんだ。言葉が見事に響くときとか、奔放な愛撫をかき立てるために遠まわしに言われているときに、彼女が発するため息が自分のほうに投げかけられるのでないことが、彼には感づけなかったのである。
　最後に、束ねられた誓約は、この上なく詳細で、力強かったから、卿は興奮して、自分の胸を打ち、跪き、息を切らして締めくくりながら、フラメンカの足許に羊皮紙の巻物を下ろした。
　今なお夢見心地のままの女主人を気にすることなく、小間使いは拍手した。彼女らの満足は大きかった。これ以上の甘い言葉を受けたことはかつてなかった。「どうか私たちの恋人たちが首ったけになって、私たちを堪能させてくださいますように！」
　アルシャンボーは再び立ち上がり、フラメンカは巻物を袖の中に滑り込ませ、彼女も立ち上がって、夫に近づき、報酬が欲しいのなら目を閉じてください、と要求した。両足のつま先で背伸びをしながら、彼女は高い位置にいる夫の唇に自分の唇を近づけて、優しく接吻した。
　――さあ、今度はあんたたちの番だ、と言って、小間使いたちにも、それぞれに頬への口づけが命じられた。
　マルグリットとアリスは同時に、卿にプチッと大きな音を立てて口づけした。
　アルシャンボーはこのようにおだてられて、十四日後にやってくる

第Ⅷ章　神に感謝を

　復活祭にはたっぷりの心づけを彼女らに約束してから，ロベール殿と一緒に，馬上試合の準備に備えに出かけたのだった。

　卿が扉を出てから，フラメンカは羊皮紙をテーブルの上に平らに広げて，貴重な祝詞を眺めるために，小間使いたちに彼女と同じく肘をつくよう要求した。
　詩のどの側にも，人物に彩色が施されていた。左側にはギレムの顔が，正面にはフラメンカの顔があった。
　ギレムの口からは花が出ていた。どの花も各行の頭語に触れていた。ほかの花は最後の語を受け止めて，それをフラメンカの耳に導いていた。祝詞の天地では，（ヴィーナスやキューピッドと一緒にいる翼を生やした）小童神たちが恋人たちのほうに矢を投げていた。
　フラメンカがこれらの小像に心を動かされている間に，マルグリットは彼女に言うのだった。
　――奥方さま，ご主人はもう嫉妬のかけらもお持ちじゃないに違いありません。だから，奥方さまだとは見分けがつかなかったのですわ。水滴二つでも，この肖像と奥方さまほどには似通っていませんもの。それにしても，卿はよくまあ愚かにも恋敵の使者の役をしたものですね。
　――私はどうにもできないわ……と答えるだけで，このことを話題にしたくなかったフラメンカは満足した。彼女の心も頭も上の空だった。
　――奥方さま，すみませんが，ちょっと見せていただけませんか，とアリスが頼んだ。その羊皮紙をお貸しくださされば……。
　――どうしようというの？
　――よくご覧になっていてください……。

現代版　フラメンカ物語

　——注意していますよ……。
　アリスはたいそう繊細な羊皮紙をそっと受け取り，隅々までならした。
　——奥方さま，ご覧のとおり，ギレムの顔が奥方さまの顔をカヴァーするように輪郭が描かれています。どう思われます？
　フラメンカはアリスと同じ仕草をした。彼女は二つの唇が合わさっているのが気に入った。十中八九，彼がもう息ができなくなるまで，彼女がやがて最愛の人に接吻することになるだろうと想像したのだ。それから，その羊皮紙を四つに畳み，下着の下に入れ，窓のほうに進んだ。そこから，トネリコの並木道を眺めると，あまりにも長く延びていたので，彼女にはヌヴェールにまで続いているように思われて，独り言をつぶやいた。
　——愛しい殿，あなたの心臓が私の心臓の代わりに，私の胸の中に閉じ込められて鼓動している気がします。その傍に祝詞を置くと，私の心臓はあなたの画像の中に閉じ込められたことをやはり喜びます。愛しい殿，私は全心からあなたを愛しています。そして，これ以上あなたを愛する手段があったなら，それを用いたいものです……。でも，女性が恋人に与えることのできる快楽で，私があなたに拒絶したものがあったでしょうか？　愛しい人よ，あなたに再会するや否や，私はやり直すつもりです。私は貴婦人“愛”に感謝しております。あなたがボーモンの奥方に夢中なのだ，と私の夫に信じ込ませるという術策をあなたに授けてくださったのですからね。
　この名前とともに，彼女は笑いころげた。そのため，彼女の傍で刺繍していた小間使いたちはびっくりした。
　——陽気な小娘たちよ，とフラメンカは羊皮紙を自分の巣から引っ張り出しながら言った。この祝詞を学習することにしましょう。これ

第Ⅷ章　神に感謝を

は朝夕の私たちのお祈りになるでしょう。そうしたなら，ギレムをより早くこさせることにもなるでしょう……。彼がたった一人でやってはこれないことを考えて！

——望むところですわ……，とアリスとマルグリットは一緒に叫んだ。女の愛人たちが男の恋人たちに，二週間でどれほど精神を——それだけというわけでもないけれど——活気づけるようになるかが分かっていた以上，彼らはブルボンに到着するや否や，拍車を取り去ってしまう前に生きたまま食べられるのを恐れて，踵(きびす)を返したりはしないであろう。

　ブルボンの周囲一面の大平原では，春になると天幕やパヴィリオンが幾百となく花みたいに地面から現われる。このために，さまざまな色をした紋章入りの旗幟(き)の都市国家が出来上がり，それが微風にゆったりと揺れ動くことになる。漂っていると言ってもよかろう。

　周辺の丘からは，荷車を傾かせ牛を消耗させるほどに積み荷をいっぱいにした商人たちが到るところに降ってきている。三日間の馬上試合のために，騎士たち，付き人たちの群れが時間ごとに増大してくる。もうブルゴーニュ人，オーヴェルニュ人，ガスコン人，シャンパーニュ人，ルエルグ人，ブルトン人，ノルマン人，リムーザン人……で千人にも達している。キャンプの中は大騒ぎだ。彼らのうちの多くは大領主たちに立ち向かう力もないから，もしも久しい以前から歌でフラメンカの令名が知れ渡っていなければ，ここへやってはこなかったであろう。みんなが彼女に求愛するのだと言い張っているのだが，どんなに努力し術策を弄しても，大方は，彼女が騎馬槍試合の見物に席を占めている，青または金色の美しい桟敷の上に居る彼女を遠方からしか眺められないであろう。

現代版　フラメンカ物語

　フラメンカは塔に幽閉されていたから，彼女についての風説が王国でかき立てていた情熱的な心酔の拡がりを推し測ることはできずにいた。今日，この事実を発見して，彼女は歌や話に満足しない最愛の人の勇気，術策に一層感心するばかりだった。
　ギレムは馬上試合の前日にブルボン入りした。素晴らしい装備をした百人の騎士の先頭に立って。
　城の跳ね橋を渡るや否や，百個のトランペットが鳴り響いた。アルシャンボーの命令によるものだった。ギレムはもっと早く到着した国王と一緒に，この栄誉礼をともに受けた。その他の卿たちはやや少な目の十二個のらっぱで，エスコートなしに迎えられた。
　広い窓から，フラメンカは付き添いの立派な奥方たちに囲まれて，ギレムの神々しい美しさに見とれていた。みんなのコメントをいろいろ聞いても，彼女は賛同することも反論することもできなかった。こうしたコメントから，彼女が愛する人の忠実さを完全に確信していなければ，彼の愛情が危険を招くだろうことが，彼女には垣間見えた。彼女はあまりそのことを深く考えようとはしなかった。そんなことをしては，この幸福な瞬間が損われたであろう。

　——ヌヴェール殿，お近づきください。貴殿を馬上試合の主催者たる奥方にご案内したく存じます，とアルシャンボーが懇願した。私どもや国王と同じく，貴殿も彼女の最高の裁きに完全に従っていただかねばなりますまい。
　ギレムは主人に従って，城でもっとも広大なホールを横切った。人込みはものすごかったが，それぞれの座席は用意されていた。
　フラメンカは鎮座していた。彼女は王杖として，扇子を手にしていた。その足許の刺繍された絹のクッションの上に，陛下とその男爵た

第Ⅷ章　神に感謝を

ちが彼女をお世辞攻めにしていた。国王がギレムに気づくや否や，立ち上がり，彼のほうに進んだ。会衆の間に沈黙が走った。

——アルシャンボー殿，と陛下が言った。どうか私にヌヴェールの騎士を奥方に紹介させてください。私のほうがあなたよりも，彼の武勲をよく存じていますから。失礼ながら，あなたはフランドルにはいらっしゃらなかったですからね。

アルシャンボーは立腹することなく，進んで脇へ寄り，ほかの貴顕紳士の間に入り，王家のいとこにギレムを称賛することを許可した。するとそれから，騎士は跪き，フラメンカの衣の端に接吻し，宣言した。

——高貴なる奥方さま，私はあなたの下臣にございます。よろしければ，奥方に一身をささげる栄誉を希望してもよろしいでしょうか？

——よろしいですとも，殿。私の傍に近寄ってください，とフラメンカは要求して，国王が立ち上がる前に座っていたクッションを指さした。

——ギレムは国王のほうを見やった。

——殿，われらの奥方が欲しているとおりにしてください，と国王が望んだ。みなの衆，あなたたちは離れなさい！　と国王は命じた。あなたたちは許された時間以上に長く，彼女の傍に居たのだから。

男爵たちは控えの間"天国"をしぶしぶ後にした。国王はギレムの傍に一瞬の間座った。

——私らのこの女主人にすでに会われたことはありますか？　と尋ねた。

——いいえ，陛下，奥方の賛辞の歌を聞いたことがあるだけです。でも，トルバドゥールたちが私の目の前におられる奥方を描写するための言葉を欠いてきたことが，私には残念です。彼らの詩はどんなに

179

現代版　フラメンカ物語

美しく見せていても，太陽の傍の一本の蠟燭の輝きに過ぎませんから。
　——お聴きですか，奥方……，と陛下は微笑した。ヌヴェール殿は戦闘で強いのと同じように，宮廷風の競技でも巧みであられる。私は彼に活動の場を残したい。しばらくしたら，彼は私もここに居ることをあなたに忘れさせてしまうでしょうな。彼の言葉の媚薬にもご用心なさい……。私は退かせてもらうとしよう。
　国王は格式張らずに，みんなの間に割って入った。いったん中断された会話はさらに白熱して再開した。
　——僕の心臓はいつもあなたの心臓の場所にありましたか？ とギレムは低い声で訴いた。
　——そこにありましてよ，殿。ところで，私の心臓はあなたの胸の中で温められていましたか？
　——奥方，燃えていました。僕の肋骨を砕くほど鼓動していました。
　——愛しいギレム，私たちの絆は決して切れません……ほかの何かの欲求がそれを壊しにやってこない限りは……。
　——奥方，ほんの一瞬であっても，どうしてあり得ないことを想像なさったりできるのです？
　——そうお思いなの？ とフラメンカはまじめな顔で彼をからかった。だって，このホールにはあなたを私から引き離しかねない，若くて高貴な女性が百人も居るのですよ。噂では，ボーモンのさる奥方があなたに夢中になり，あなたもこの世でもっとも美しい祝詞を彼女にお送りになったと言うではありませんか？
　ギレムは最愛の人の見せかけを見破って幸せそうに笑った。彼女は扇子を落としてしまい，拾うために身をかがめた。この動きのなかで，彼女の顔は同じ側に傾いたギレムの顔にかすかに触れた。あらゆる用心を無視して，彼女は彼にこっそりと接吻した。身を起こしながら，

第Ⅷ章　神に感謝を

いたずらっぽく彼女は囁くのだった。
　——ここにはあなたを摑まえる人は誰もいないわ！
　ギレムは奥方の大胆さに仰天したが，彼の歓喜は不安にまさった。
　——奥方，ありがとうございます，と彼は言った。愛は言葉だけを食べるのです。かすかに感じただけのこの口づけは，僕の血潮を沸き立たせました。私たちの愛情生活が危険にさらされないとしたら，私はここですぐにもあなたを抱き締めるところです。ああ，私は欲望で殺されそうです！
　——まあ落ち着いて……殿，あなたが動揺すると，私の大胆さ以上に私たちを裏切ることになりかねないわ。今夜になれば，私たちの快楽をもっとうまく話したり行ったりできるでしょうよ。アルシャンボー殿は国王や男爵たちをテントに訪ねて行くでしょうから。話したり飲んだりして，彼は長らく離れていなければならなくなるでしょう。どうしたらあなたが私を見つけられるかはよく知っています。でも，今はすべてを語ることはできないわ。あなたはほかの貴婦人たちや同僚たちに挨拶をしなくちゃなりません。最愛の人よ，さあ，立ち去って。私は食事が終わるまで，ゲストたちをもてなすことにします。
　ギレムは心を喜びに包みながら，別れを告げて，大勢の騎士たちと再び一緒になった。

　食卓のあと片づけが済み，音楽と舞踏の時間になった。フラメンカは国王の招待を断りきれなかった。国王はいつもどおり，同伴することを好んだ。
　「やれやれ！　とギレムは思った。アルシャンボーはもう焼餅を焼いてはいないし，彼の心を乱す妃もそこに居ないんだ。」
　音楽が一瞬止んだ。騎士は席に戻ったフラメンカに近づくことに成

現代版　フラメンカ物語

功した。踊り手たちの間から，彼女は彼に手を差し出した。騒々しく往き来する群衆，動いたり，回転したり，起き上がったり，身をかがめたり，座席を変えたりする貴婦人たち，男爵たちがあふれていたから，彼女がどんな具合にして彼から新たな接吻を受けたのかは誰にも分からなかった。

「彼女は二人を破滅させるぞ！　とギレムは考えた。なんで彼女はあんなにかっとしたんだ！　待って，策略を弄すれば二人が部屋に入れるのに。」

フラメンカは愛情深い接吻をそっとしてから，彼に冷たい調子で言った。

——殿，夫が待っていますから，私は彼に話しをしなくてはなりません……。聞いたところでは，あなたの二人の陪臣は，馬上試合の前に騎士に任ぜられるそうね。

——そのとおりです。私も彼らの肩に剣を軽く当てなくてはなりません。

——彼らの近くにいてください。間もなくアルシャンボーがあなたに誰かを遣わすでしょうから。

彼女はギレムを当惑させたままにして，立ち去った。彼女の言ったとおりにするために，彼はロバンかベルナルデがいないかと目で追った。もし一人が見つかれば，もう一人も離れてはいないだろう。彼らは見つからなかったが，マルグリットとアリスが通りかかった。すぐさま狩人のように彼女らを追跡して，彼はうぬぼれ娘たちにうまく乗せられたりはしないぞ，と誓って断言するのだった……。一瞬の後，彼女らは野兎たちを追い出した。騎士はそんなものに求愛の時間を与えたりはしなかった。不承不承，彼が小間使いたちとの会話を中断して，彼女らにちょっと遠去かるように頼むと，彼女らは喜んで従った。

第Ⅷ章　神に感謝を

不満を示したのは彼女らの恋人たちだけだった。

　ギレムは自分が関与した至福と恐怖との, 二つのこっそりなされた接吻のことをロバンとベルナルデに何も隠そうとはしなかった。トルバドゥールはロバンにしたり顔の視線を投げかけた。騎士は彼らがそれぞれの最愛の人から同じ愛情のしるしを得たことを悟った。三人ともばか笑いをしたのだが, ベルナルデは女性の秘密に通じていたものだから, 最初にへ理屈を並べるのだった。

　——オウィディウスは恋愛遊戯について多くのことを知っていたので, 女性たちには大変な学があることを私たちに教えています。求愛中の騎士から接吻をかすめ取るのは彼女らには簡単なのです。彼女らは騎士が彼女らの唇から逃げないことを知っているのです。逆に, 騎士のほうは同じことをしようとすると, 女性が遠去かり, 顔をそらすか, または自分をひどく悪く受け取るのではないか, といつも怯えているのです。甘受するしかないのです。この術にあっては, 一人の女性のほうが千人の騎士や最高の美男子よりも値打ちがあるし, 彼女らは決して籠絡されることがないのです。

　——女房を寝取られた殿からは何が期待できます？　とロバンが訊いた。

　——やがて分かるだろうよ……, とギレムが答えた。ほら, ロベール殿がやってくるぞ。

　このアルシャンボーの陪臣は主人のところへ付いてきてください, とみんなに頼んだ。彼らは彼のすぐあとを歩いて行った。

　アルシャンボーは立ち上がり, 彼らのほうに進み出て, 愛想よくギレムに話しかけた。

　——殿, どうかお願いをお受けください。あなたは私の客人ですし, あなたの陪臣の方々も同じです。明日, 彼らをあなたの代わりに私が

現代版　フラメンカ物語

騎士に任命し，この機会に彼らに素晴らしい贈物をすることをお認めください。また殿，あなたがその令名で私の馬上試合に引き立てられた光輝，貴殿が私になされたこの栄誉のお返しに，あなたにも同じく素晴らしい贈物をさせてください。最後に，みんなが大いに気に入りたがってるブルボンの奥方の頼みを聞き入れてください。彼女より先にそんなことを考えたのは私の大変な間違いではありますが，城に集合した人びとが私に一瞬の休みも与えてくれないことも考慮ください。

　心を切り裂くこういう嘆願を心の奥では嘲弄しながらも，ギレムは騎士叙任の剣が彼自身とアルシャンボーによって同時に握られることという条件つきで同意した。この契約条項はギレムの陪臣を満足させたし，アルシャンボーを喜ばせたのだった。

　——私は彼らにもう金庫を開けることだけです，とアルシャンボーは言葉を続けた。どうかお好きなだけ，そこから引き出してください。

　そこからほど遠くないところで，フラメンカは陰険な行為の進捗ぶりに浮き浮きしていた。それは彼女の目に輝きを添えたし，貴婦人"変化"が微笑みかけたおべっか使いたちの群れをさらに増大させるのに一役買っていた。

　彼女の夫が近寄ってきて，彼女に騎士たちから少し遠去かるように頼んだ。

　——国王がパヴィリオンの中に迎え入れてくださることになっているんだ，と妻に言うのだった。私をお待ちなんだ。私は遅刻するわけにはいかない。多くの卿たちがすでに国王の傍に到着しているんだ。ほら，これが金庫の鍵だ。そなたの助言により，ヌヴェール殿とその陪臣たちにも今しがた約束したばかりなのだが，彼らは金庫から好きなだけ選び出してかまわない。

　——殿，私にはとても……。

第Ⅷ章　神に感謝を

——どうして？　そなたが望んだのではないかい……。

——そう申しました。殿，でも，私は舞踊を抜け出して，あなたの部屋にあなた抜きに出かけることはできません。あなたが陛下に答礼の訪問をされている間に，私がほかの男爵たちと一緒に閉じ込もったりしたら，人びとから私はどう言われるでしょうか？

——どう言うか？　と。騎士の叙任式は夜明けだ。そなたも知ってのとおり，叙任式で武具を授ける者は提供される装身具を自分で運ぶのが習慣になっている。そうしなければ，儂は習慣に反することになるんだぞ。

——あなたが難局を切り抜けるには一つの方法しかありませんわ……。

——早く，言ってみなさい！

——殿，あなたのお部屋までお伴をしてください。そうすれば文句のつけようがなくなりましょう。ご自身で金庫を開けてください……。それから，国王がお待ちですし，貴顕紳士たちのより好みをくい止めるには時間も必要でしょうから，お聞きください。このホールを迂回して城の中庭に通じている長廊下をたどってください。そうすればあなたは恥ずべき寛容の疑いから守られるでしょう……。これまでにも，あなたは反対の欠陥について何かと話題にされてかなり苦しんでこられたのですし。

アルシャンボーは妻の両手に口づけして，彼女に感謝し，彼女に片腕を差し出して，部屋へと進んだ。思わぬ幸運に満足しながら，三人の恋する男たちと，何があっても女主人から離れられない二人の小間使いも後に従った……。

アルシャンボーが立ち去るや否や，ギレムは眼下にある宝石を選んだ。王国の中でもっとも渇望されていた，この奥方からの拒絶を恐れ

現代版　フラメンカ物語

る必要はなかったのだ。彼女は顔を背けはしなかったし，彼の欲求に抵抗もしないで，彼を待ち望んだのだった。
　優しく彼女を抱き締め，持ち上げ，振り向かせ，ベッドへと連れて行った。二人の手は愛撫したり，忙しくリボンにたぐり寄せられたりして，またたくのうちに二人はアダムとイヴ以上にむき出しになってしまった。
　貴婦人"愛"が厳重に監視していたが，二つの用心は一つのそれに勝った！　部屋の四隅，扉の後ろでは，マルグリットとロバン，アリスとベルナルデが不寝番をしたのだった……。
　彼らに届くかすかな叫びは，彼らの燠を消すためになされたのではなかった。ああ，彼らはかすかな口づけを辛抱して待ち，押しつけられざるを得なかったのだ。少し後には，小間使いたちの部屋の中で，夫を恐れることなく，彼らはその火をかき立てることができたのだ。
　ギレムとフラメンカはあまりにも久しいこの方結ばれてはいなかったから，髪を乱し，空ろな目で，彼らがやったり繰り返したりするに至ったことをしたり，反復したりしたのだが，あまり喋らずに，ため息ばかりついた。ベッドの頭から刺子の掛け布団へと絶えず転がすことに夢中になったため，彼らはそこの砂時計のことを忘れた。
　足音にはっとして，ロバンがドアをノックし，現実に引き戻した。幸いにも，それはアルシャンボーではなかった……。だが，最初の面倒が労苦になろうとしていた……。
　夜は曙へと流れて行った。急いで衣服を着用し，金庫からあふれている装飾品の一つを運び出し，明日のことを夢見て出発しなくてはならなかった。
　ブルターニュの擦弦楽器，オーヴェルニュのバグパイプ，ナルボンヌのオーボエ，アヴィニョンの葦笛の音楽がもつれて聞こえてくる野

第Ⅷ章　神に感謝を

　営地へと進みながら，ギレムは今日一日の冒険をたったひとりで笑うのだった。「こういう行為をやらかすためには，フラメンカのように恋で狂う必要はなかったのに，と彼は独り言をいった。みんなから見られている中庭で，浮かれている間に私と陰謀をたくらんだり，彼女がこっそり私を抱擁したり，夫には部屋の中で金庫を開けて，結局はすっかり儂の意志に身を任せるために，こっそり出発するよう説得したりするに至るとは？……この世にこのような女性は二人と存在しないのではないかと思われる。」

　騎士叙任式が行われた大草原では，決闘が行われた。そこにはムーランの司教のために祭壇が整えられ，三十人の司祭を従えてミサがなされた。騎士たち，陪臣たち，馬丁たち，憲兵たち，貴族全員，農民群衆の間には，千人の信者がおり，彼らは熱心に祈ったから，主とその天使たち——このことは疑いようがなかったのだが——はこのスペクタクルを眺めるために天窓へと向かったのだった。ミサの後でも，彼らはもう場所——見つけられるこの最良の場所——を離れようとしなかった。馬上試合は多くのドラムとトランペットを駆使して告げられた。高所からは，立ち向かう騎士たちの二つの群れの展開の眺めが，紫色，青色，金色の地にライオン，花々，塔，イルカの紋章が入った，旗幟，のぼり，盾の千々の色で神聖な目を喜ばせていた。
　フラメンカの傍の壇に着席した国王が立ち上がり，十字を切り，らっぱに三回響かせるよう命じるや否や，朝の美しい曙光が動き始めた槍や剣を輝かせた。馬上試合を主催した奥方は，そこで相手の騎士を倒した最初の騎士に袖を贈る約束をしていた。
　最初の突きを目ざして，拍車をかけられた馬たちが全速力で向かい合ってギャロップでぶつかった。草はそこに存在しなかったかのよう

現代版　フラメンカ物語

に，踏みつぶされてしまった。マンシュ伯は不運にも，ギレムの戦列に向かっていて，その槍が彼の盾の真ん中に命中し，それがあまりにも強力だったために，落馬させられ，すぐに囚われてしまった。解放されるために身の代金を申し出ると，ギレムはそんなものは要らぬと言い，彼に対して，馬上試合を主催した奥方の許に赴き，彼女が欲することは何にでも従うようにと命じた。

　フラメンカは伯爵が申し出た大金を受け取らずに，囚われの身から解放する条件として，彼を逆転させた騎士道の精華に彼女が差し出す袖を持って行かせることにした。伯爵は跪き，感謝の印として彼女の衣に口づけしてから，この貴重な布切れを手にしながら，嬉しそうに立ち去った。騎馬槍試合で囚われると当人は多くの財産を失うことがよくあったのだが，身の代金を断られたのは今回が初めてだったのである。

　ギレムはその袖に接吻し，それをいつも人目に触れさせるように盾の内側に結びつけ，それから，自分の幸運を確信して，もっとも近くの騎士のほうに突進した。外観はたいそう立派だが，さりとて若干の敵対者ほど目立ってはいなかったとはいえ，ギレムには力や器用さや敏捷さが備わっていたから，同輩でもっとも無鉄砲な者たちですらたじろがせていたのである。

　晩課の鐘が鳴るまで，騎士たちは突いたり切ったりした。剣の刃がこぼれ，鞍骨が割れ，槍が折れた。疲れ果てた騎士たちは入れ代わったが，武勇の誉れ高い騎士たちは執拗に戦うことを止めなかった。

　らっぱが響いて，馬上試合の休戦が告げられたとき，ギレムはカスティーリャ馬二十頭，金貨二百マール，羊群五百頭を獲得した。彼に攻撃された大勢の騎士は，彼の攻めで打ち傷をつけられた間は立ち直れなかったであろう。

第Ⅷ章 神に感謝を

　夕方，長く入浴した後の涼しい時間に，ギレムはヌヴェールから運ばせて，布の大パヴィリオンの中のカーテンの後ろに置かせておいた大きなオーク材のチェストの中の小マント〔紋章のアクセサリー〕を羽織らせてから，頭から決して離れることのなかった奥方へ求愛に出かけた。
　彼女の周囲では，この上なく上品な男爵たちの間に，ロバンとベルナルデを見つけた。彼らは騎士道の綬の佩用に守られて，一人にはバラを捧げることを，もう一人には詩を朗読することを許されていた。ギレムが近づくと，彼らはたいそううやうやしく，席を譲った。ほかの人びとも別に強制されたわけではないが，同じようにした。これは無敵の騎士に面目を施す彼らのやり方だったのだ。国王も前日，そういう行動をしたのではなかったか？
　――奥方さま，私は胸の上の下着と皮膚の間に，私のものではないとても柔らかな衣類を付けております，とギレムが始めた。私はこれをお返ししなくてはなりません，たまたま私が最初の囚われ人を獲得したために，今朝私にそれを持たせた方に。
　――その衣類はあなたのものですわ，殿。
　――私はそれを大事にしてそれで心臓を包みたいのですが，そうはできません……私の心臓は奥方さま，あなたの乳房の下にあるからです。
　フラメンカは最愛の人の滑稽さに微笑した。彼女は彼の願いの意味をよく理解したのだった。
　――深夜にアリスの後について行ってください。彼女がどうしたら人に見られずに私の部屋にたどり着けるかを，あなたに示してくれるでしょう。私はそこでお待ちします。あなたは私の内にあるあなたの心臓の上に，お好きなものを何でも載せられるでしょう。

現代版　フラメンカ物語

　――でも、ご主人は？
　――招かれない限り、私の部屋には決して入りはしません。アルシャンボー殿はもう恐れるには足りません。彼は所有しているものでとても幸せになっていますし、とても臆病になっていますから、それを無くしたがりはしません。彼の病気が気づかれて、焼餅やきを治すよう人びとに天から命ぜられたとき、その病気が沈黙させられてしまいましたから、彼の地獄の鍋の中に再び陥らないためには、人びとは何でも我慢できるでしょう。彼は私たちにそう言いましたし、私はそれを信じているのです。
　――あなたは、ご主人が不貞を働いているのを知っていながら、沈黙しているとでもおっしゃりたいのですか？
　――いいえ、それを肯定したら、私は嘘つきになるでしょう。
　――でも、そんなことがありうるでしょうか？……と、ギレムはフラメンカの答えに戸惑って質問した。
　――ありうるということが、ありえないのだとでも？……彼なら、そんな言い方はしないでしょう。でも、私たちには彼のことは分かりません、私たちが彼の目の前で愛撫しようとしていることは別として。
　愛しいあなた、私の傍にもう長居はしないでください。私はアルシャンボーはあまり怖くないのですが、男爵のみなさんや、その上品なご婦人方をペストみたいに酷く恐れているのです。私はあなたから接吻の一つも受けたいところなのに、今日は何たることか、私たちはこのホールでは二羽のヤマウズラみたいですし、しかも私は千羽のハヤブサの目が光っているのが見えるのです。
　ギレムは上品に彼女に挨拶し、それからロバンとベルナルデのほうを向いた。彼が十歩も歩かぬうちに、アルシャンボーが彼の腕を取った。

第Ⅷ章　神に感謝を

——私は妻にお話になるのを拝見して，と彼は口にした。私はとても喜んでおります。彼女はここの私たち全員ともども，あなたとの会話を好んでいます。彼女からあまりにそれぞれの人が愛情のしるしを浴びるのを悪用しても彼女を手に入れられなくしてくださったことを，あなたにお礼申し上げたいです。数ある騎士のうちでも，あなたからはるかに多くの利益が得られました。

——わたしも満足です，とギレムが答えた。彼は夫に逆らうには，馬に対してほども自分に確信が持てなかった。

——宝石を私からあなたのお首につけさせていただいたことも，殿，大変感激いたしております。あなたの友人でおられることは，私には別にどうということはありません。もし運命が——そうならないように望みたいところですが——あなたの不利になるようなことでもあれば，どうか私の忠誠を信じてください。騎士叙任の剣のひら打ちをお受けください。二人の騎士は互いに手を触れた。

——殿，今度は私に気がかりな一つのことをお願いしてよろしいでしょうか？　とギレムが平静を取り戻して続けた。

——喜んで……。

——復活祭の後は，スヴェールの天候はいいです……。フランドルまで私についてきた騎士たちを，そこで迎え入れたいのです。一大宴会を開くつもりでおります。私が奥方をも同じく迎え入れる光栄に浴してもよろしいでしょうか？

——それは私にとって光栄なことです。私の奥に代わってお答えします。彼女は長く頼まなくてもきっと同意することでしょう。

——殿，感謝にたえません。でも，はばかりながら，よろしければ，貴殿があれほどしばしばすばらしく私に語ってくださった奥方からの大きな敬意に，どうして私が値するのかを知りたいのですが。ご自分

現代版　フラメンカ物語

から進んでお話されたのでしょうか，それとも奥方が貴殿に心の内を明かされたのでしょうか？
　アルシャンボーはおとなしく笑った。
　──ライヴァルたちがそれぞれの奥方について，心の中でどんな進展をしているかについて知らせるのは，夫の役目じゃありません。何も包み隠さず申しますが，目つきは言葉以上に本心を漏らすものですし，私の奥の貴殿に対する視線は彼女の感情に関していかなる疑念の余地もありません。はっきり告白しますが，貴殿がブルボンに集合したすべての宮廷騎士のうちで，宮廷風騎馬槍試合を勝ち取るために最良の人と判断されました。逆に，このことに私は激怒してはおりません。自分の奥に気に入る誰かを友人としてもつことは，多くの争いごとを避ける効用があります。女性が夫の友人へ引かれていることを包み隠さなければ，彼女は忠実なのです。それを悪と見なすのは罪なのでして，私はもうそれを犯すつもりはありません。
　一見真剣そうなこういう話題に，ギレムは戸惑った。「アルシャンボーと別れてから，と彼は考えた。はたして彼はやはり純朴にも，フラメンカの心を再征服しようと欲するのだろうか？　それとも，それは将来の復讐を隠した偽善ではないのか？　彼が自分の家で欺かれていながら，奥方に気にいられようとの心遣いから苦しみ，彼女が見せかけでしか愛情の目なざしを向けてくれはしないという僅かなことで満足するのではあるまいか，と僕は信じたくはない。フラメンカも言うように，彼は焼餅やきの責め苦を地獄以上に恐れているとしても，それはもう嫉妬していることよりも，良家の騎士たちに寝取られていると悟ることなのだ。奥方を言われもなく閉じ込めたのは恥ずべきことだったが，もし彼が妻が密通していると分かれば，彼女を罰し，死刑に処し，破門させ，別の妻を娶るだけの権利も当然彼にはあること

第Ⅷ章　神に感謝を

になる……。だが，彼が儂に語った言葉が騙しではないとしたら，決してそうはなるまい。彼はすっかり愛情に囚われてしまっている，かつての嫉妬と同じくらい今日では強力に。自分の不名誉が公けになったとしても，彼は赦すかも知れない。それほどまでに彼女を自分の許で守りたがっているからだ。それは不当な焼餅やきと同じように，軽蔑すべきことではないのでは？」

　ギレムは夜まで，主人の行動についてあれこれ空しく自問するのだった。彼の沈思黙考からだけでは，いかなる解答も生じるはずもなかった。また，誰も彼を助けることはできなかった。心の奥底で，彼はアルシャンボーがいかなる疑念も抱かぬこと，わけても，自分自身の愛が決して奪われるようなことがないようにと願った。彼は相応の繊細さ，忍耐，情熱を十分に発揮してこなかったのではないか？　彼はあまりに深く惚れ込んだために，フラメンカを諦めねばならないとしたら，死ぬのではなかろうか？　「アルシャンボーへの同情など，くそくらえだ！」と彼は階段の闇の中で，最愛の人にたどり着くために盗賊みたいに変装することに憤懣やる方なくて，とうとう告白するのだった。「私たちのような純粋で，相思の愛は，光の中で成長すべきだろうに。それを影の中で生きるように強いるやつは呪われろ！」

　馬上試合が続く限り，毎晩愛しい奥方の両腕の中で，騎士はこの上ない甘美な歓びを知った。貴婦人〝愛〟はこれまで誰も堪能したためしのない快楽を彼に叶えてやった。フラメンカにとって，ギレムは太陽，水，塩，パンにして蜜だった。毎日彼女にそれ以上に必要だったのは，彼の言葉，彼の愛撫だった。彼女は不十分な愛し方をしている者たちには閉ざされた庭の中で，比類のない花として愛の各瞬間が進むように協力した。

現代版　フラメンカ物語

　出発の日がやってきた。その夜はこれまでの夜よりも短かった。夏の到来がその原因ではなかった。
　二人の恋人は互いに休みなく愛し合った。二人はやがてヌヴェールで再会するであろうし，もっと後には，国王の宮廷で会うだろうが，それでも何も彼らの悲しみを食い止めることはできなかった。
　フラメンカは塔の最上階の部屋に上がった。そこからは，彼女の騎士とそのお供たちが遠去かるのをより長い間見られたからだ。
　記憶にも耐えがたいこの牢獄の中で，彼女は神にお願いするのだった。不幸の日数に等しいだけの幸福の日数を公平にお授けくださいますように，と。
　「主よ……後に従います，と彼女は続けた。御意志が私をギレムから永久に引き離すことなのでしたら，主と無理に戦ったりはいたしません……。でも，私の内にある彼の心臓を，私の死より先に決して取り上げることはなさらないでくださいまし。」
　騎士の一行はトネリコの大並木道に近づいた。フラメンカが自分の片手に口づけすると，貴婦人〝愛〟がそれを天を越えて彼女の最愛の人の唇に導いた。ギレムはその甘美さを感じ取り，塔のほうを眺めてから，葉むらの間にかき消えた。「神に感謝を」（*Deo Gratias*）とつぶやきながら。

訳者あとがき

『フラメンカ物語』との出会いは確か京大の文学部図書館で Paul Meyer の刊本（Paris, 1901, クラーク文庫）や, M. L. Bartolozzi Bustini, *La Natura Umana—nel Romanzo di un Anonimo Proveuzale* (Milano, 1955) を発見したこと, さらには Geoges Millardet の有名な論文をも発見して訳出したことに端を発している（付記参照）。このことでは京大に今も感謝にたえない。迷える子羊に一筋の光明が差し込んだのだから。（京大ではほかにも数々の発見があった。）その後, R. Lavaud / R. Nelli の *Les Troubadours* (*L'oeuvre épique*) (Bibliothèque Européenne, 1960) の対訳が入手でき, 大いに助かった。比較文学的には, A・ブローク『バラと十字架』（邦訳, 平凡社, 1995）とも大いに結びつきがあるらしい。とにかく, この"姦通物語"の古典を通して, さらには『センデバル』（拙訳, 而立書房, 1996）へも深入りすることとなった。この中世学者のカルト的作品の邦訳もついに見目誠氏と中内克昌氏とにより二つも実現するに至った（「付記」参照）。

　ところで, Georges Bégou の現代版『フラメンカ物語』（本書）が現われたときには, 心底驚いたものである。これは広い意味の翻案物だが, かつての W. et J. Bradley のそれとは違って, 構成や登場人物からしてまったく新しい衣替えをした異版であり, しかも作者が心血を注いで用意周到に仕上げたものであることは「はしがき」からも一目瞭然であろう。（それだけに, 翻訳は約束から20年も遅れてしまうほど難業だったと言ってもかまわない。著者は2010年にすでに逝去されたことを娘さんから知った。「ただちにやってくれ」という, 生

現代版　フラメンカ物語

前の著者の電話の声が今も耳に焼きついている。申しわけないことをしたと思っている。）あえて比べれば，この作品は『源氏物語』の骨法を想起させるところがある。もちろん，時代も背景も全然異なるのだが，中世の知識が十分になければこういう類いのリライトが不可能なことはお分かりだろう。映画化には好適な素材と思われる。

　トルバドゥールの本家たる"宮廷風恋愛"を逸脱した本書は"異端的"だし，それだからこそ教会から断圧を受けたのだが，それでも依然として"フラメンカとギヨーム"を中心とした宮廷風の大"心理小説"であることに変わりはない。こういう観点から訳者は作品に早く（院生時代）から関心を寄せてきた次第である。日本の時流からすれば，ますますこういうものは無視される傾向にある。しかし，文学とは元来そういうものなのだ。この作品の元になった"写本"ですら何百年間もずっと忘却されたまま，たった一部だけ図書館に眠っていたものなのである。作者名も作品名も知られることなく。

　　　2010年9月17日　行徳にて

谷口　伊兵衛

（付記）

　G. Millardet, *Le Roman de Flamenca*,《Revue bimenselle des Cours et Conférences》(1935-1936) は拙訳『フラメンカ物語』（私家版 (100部限定)，1972年）がある（国会図書館に納本されている）。この原文が Bibliothèque de la Revue des Cours et Conférences (Boivin & Cie, Paris, 1936) として出版されていることを元大阪外大の故中原俊夫教授から教示いただいた。同氏からはこの作品を研究している中内克昌氏のことも紹介された（中内氏の新訳については6ページ参照）。また，京大では非常勤講師の故高塚洋太郎氏（元関西

訳者あとがき

学院大教授）からプロヴァンス語の講義を受講させてもらった。学恩に感謝している。冒頭献辞を呈させていただいた所以である。また，拙論「『フラメンカ物語』とその人間性」（『クローチェ美学から比較記号論まで』而立書房，2006年，319-336頁所収）をも参照されたい。（この拙論については，故杉富士夫博士から注目されし，同氏の「中世南仏の風俗物語」（「岡山大学法文学部学術紀要」第 8 号）を送って頂いたりしたことも記憶に新しい。（拙訳〔私家版〕の80ページ，注34）に言及あり。）

　本書を契機に原典からの見田誠訳と中内克昌訳の『フラメンカ物語』（未知谷，1996；九州大学出版会，2011）が脚光を浴びるようになることを切望している。なお，C・セグレ『テクストと文化モデル』（拙訳，而立書房，2008, 27-29頁）にも，『フラメンカ』への記号論的な言及がある。

〔訳者紹介〕
谷口　伊兵衛（たにぐち　いへえ）
　1936年　福井県生まれ
　元立正大学教授。翻訳家

現代版　フラメンカ物語──フラメンカとギヨーム──

2012年8月25日　第1刷発行

定　価　本体2400円+税
著　者　ジョルジュ・ベグー
訳　者　谷口伊兵衛
発行者　宮永捷
発行所　有限会社而立書房
　　　　〒101-0064　東京都千代田区猿楽町2丁目4番2号
　　　　振替 00190-7-174567／電話 03(3291)5589
　　　　FAX 03(3292)8782
印　刷　株式会社スキルプリネット
製　本　有限会社岩佐

落丁・乱丁本はお取り替えいたします。
ⒸIhee Taniguchi 2012. Printed in Tokyo
ISBN978-4-88059-373-9 C0097

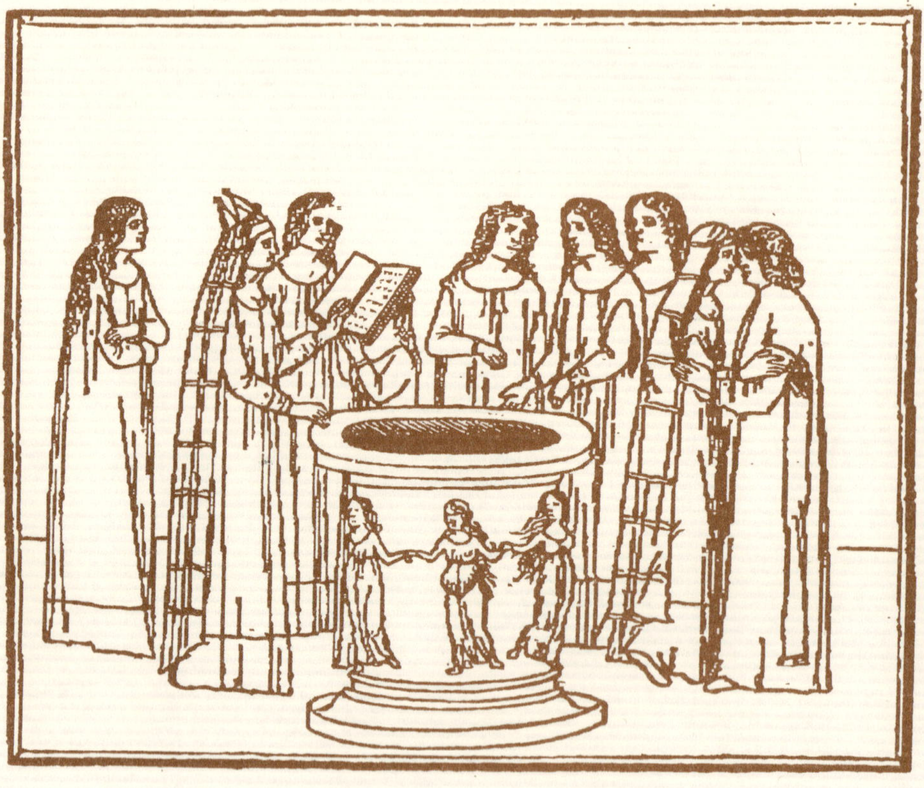